地図で見る
ブラジルハンドブック

Création de la maquette : Vianney Chupin
Conception et réalisation : Edire ; Twapimoa
pour cette édition
Relecture : David Mac Dougall
Coordination éditoriale : Marie-Pierre Lajot ;
Anne Lacambre pour cette nouvelle édition.

地図で見る

ブラジルハンドブック

Atlas du
Brésil
Promesses et défis d'une puissance émergente

オリヴィエ・ダベーヌ
Olivier Dabène
フレデリック・ルオー
Frédéric Louault
中原毅志 訳
Tsuyoshi Nakahara
地図製作＊**オーレリー・ボワシエール**
Aurélie Boissière

原書房

地図で見る ブラジルハンドブック

- 8 はじめに
  ブラジルはパラドックスのリズムにのって

ブラジルの建設
- 14 植民地支配（1500-1822年）
- 18 反乱と革命（1500-1930年）
- 22 帝政下のブラジル（1822-1889年）
- 26 旧共和制（1889-1930年）
- 30 1930年から1964年までの政治の概観
- 34 国家の建設とブラジリダディ
- 38 国土の開発と整備
- 42 都市化と大都市

成長と環境
- 48 成長のサイクル
- 52 経済ブーム——工業とサービス
- 56 貿易
- 60 農業大国
- 64 天然資源——鉱物、水、石油
- 68 再生可能エネルギー
- 72 アマゾニア——論争の的

混血
- 78 文化的シンクレティズム——サンバ、カポエイラ、カーニバル
- 82 文化的実践と文化へのアクセス
- 86 ビーチ——国の文化
- 90 スポーツというカルト
- 95 宗教
- 100 豊かな文化遺産
- 104 メディア権力

109	**公共政策の挑戦**
110	貧困、不平等そして再分配
114	教育と差別
118	保健と医療へのアクセス
122	ファベーラ
126	土地へのアクセス
130	腐敗との闘い
134	暴力と人権

139	**民主主義と世界**
140	軍人のブラジル（1964−1985年）
144	民主主義の根づき（1985−2015年）
148	政治の分極化と不安定化（2015−2018年）
152	ラテンアメリカのブラジル
156	国際的プレゼンスの強化
160	スポーツの大イベント

164	おわりに
	新興国家を待つのはダイビングかバウンドか？

付録

166	ブラジルと音楽
168	参考文献
169	年表
170	索引

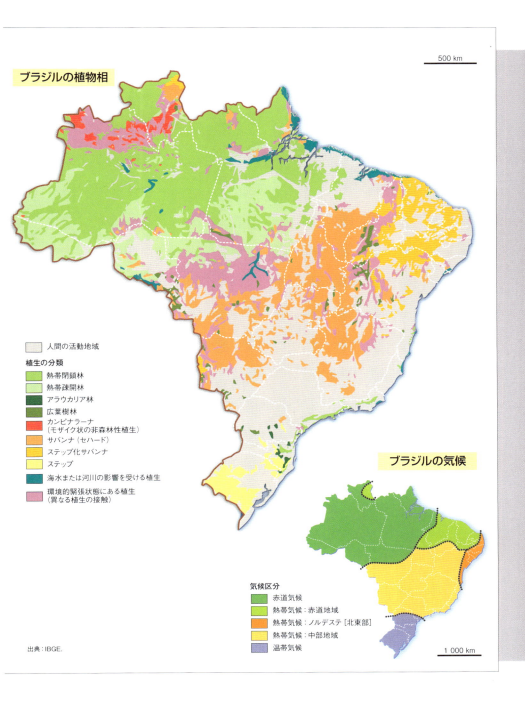

この第2版制作中に生まれた
ベニシオへ
きみもまた
ブラジルのリズムに
あやされて
育つ

はじめに

ブラジルは
パラドックスの
リズムにのって

　ブラジルはパラドックスに満ち、困惑させる国だ。この国を観察することは刺激的な挑戦だが、結局は感嘆と同時にとまどいを感じさせられていることに気づく。社会学者ロジェ・バスティドは、ブラジルに関する研究さえもが「もっとも夢中にさせる知的冒険」（1955年）だと述べた。十分な理解のカギを見いだせないままに、決まり文句にしがみついたり、大ざっぱな単純化を決めこんだりという誘惑は大きい。だが、それでは、ブラジルを表面的で歪んだイメージに貶めることになる。

伝統、変化、遺産…

　本書では、こうした定番イメージの一部（サッカー、カーニバル、ビーチ）をとりあげながらも、そのレベルをのりこえようと努めた。この国の複雑さをきわだたせ、その豊かさと脆弱さを指摘し、国がかかえる矛盾を浮かびあがらせる。ブラジルのソングライター、トン・ゼーは彼の歌『Tô［俺］』（1976年）のなかで、ブラジルを特徴づけるこのパラドックスのもつれをアイロニーをこめて歌っている。「無視することを学び」、説明が混乱をまねき、しかし混乱が明るくする国ブラジ

ル。絶望から忍耐を学び、「後れをとらないためにゆっくりと」進むブラジル。そもそも、リズムの概念をめぐるパラドックスほど面白いものはない。ブラジルは驚異的な速さで、同時に非常にゆっくりと発展していく。一部の地方、一部の地域は伝統のなかに閉じこもり、そのほかはイノベーションの最前線にいる。近代化のダイナミズムが不平等を増幅させないためにも、異なる変革のリズムを摺りあわせていくのは政治指導者の仕事であろう。

成長のリズムを問いかけながら

　本書ではブラジルで進行しつつある変化にも光をあてる。社会的、文化的実践、経済の方向、政治的環境、海外への開放などである。だが、ここで注意すべきは、ブラジルでは変化という言葉自体が特別な意味あいをおびていることである。それはひとつの秩序がほかの秩序によって——突然であれ、徐々にであれ——置き換えられることを意味しない。むしろ、時代遅れと近代性とが錯綜し、からみあう恒常的な動きのことなのである（現代の奴隷制度の慣行はその一例であろう）。変化は談合のなかで生まれ、社会規範の外側でおこなわれる。1930年代のジェトゥリオ・ヴァルガスによる衝撃的な政変のように、近代化のリズムはときとして加速された。だが、そうした政変もまた、植民地時代から受け継がれてきた支配形態を根底から変えることはなかった。

熱狂の国

　ルーラ政権下（2003-2010）で、ブラジルは熱狂の時代を迎えた。ルーラ時代に新たな歴史的加速の兆候を見た人はいたが、それも2016年のジルマ・

ルセフ大統領［在任2011-2016］の罷免によって突然断ちきられることになる。

　成長の約束は守られたのか、あるいは守られようとしているのか？　結局、ブラジルの不公平な構造の見直しははじまったのか？　本書では、今日のブラジルの変化を概観し、この国が掲げる主要なチャレンジを検証する——国土の統一および環境に配慮した成長モデルの展開、混血の積極的評価による国民統一の強化および文化へのアクセスの民主化、新たな政治的バランスの模索および民主的実践の刷新、国際舞台における存在感の強化および新たなパートナーとの関係強化。背景に見えるものは、以下に続くページが示すとおり、ブラジルがその複雑性から多様性という個性を引きだしてきた事情である。それはブラジルの数あるパラドックスのなかでも見すごすことのできないひとつである。

*本文中の［　］は訳者注を示す。

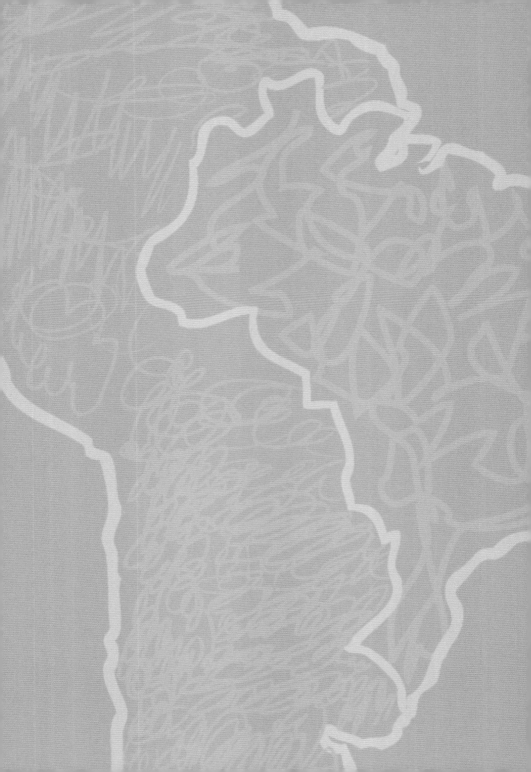

ブラジルの建設

1500年、ポルトガル人カブラルの船が到達した陸地はブラジルと呼ばれ、以後その豊かな天然資源の商業的開発への関心がこの国の歴史をくまどってきた。経済のサイクルは世界の需要変動のままに浮き沈みをくりかえし、国土の開発分布を左右してきた。政治的には、ブラジルはきわめて多様な政治体制を経験してきたが、それはそのまま支配階級の浮沈を表すものだった。順番にあげてみると、中央集権的植民地支配、帝政、寡頭的連邦共和制、軍事独裁、そして不安定な民主主義。ブラジルは、ダイナミックな経済発展および国土の特殊性と両立できるような政治体制を探しあぐねているのである。ブラジルはまた、増加する一方の人口とも折りあわなければならない。押しよせる奴隷と移民の波こそ、1920年以降少なからぬ芸術家と政治家が主張してきた混血文化のアイデンティティの源泉であった。そして、その神話とは裏腹に、多様性のブラジルは暴力と反乱のなかで建設されてきたのである。

植民地支配（1500-1822年）

　ブラジルの発見によって、ポルトガル王はその植民地支配の勢いを西方に拡張することができた。ペドロ・アルヴァレス・カブラルが1500年に上陸した土地は、トルデシリャス条約によりポルトガルに帰属する。幸運王とよばれたマヌエル1世は、この新世界にまず豊かな天然資源に支えられる見事な潜在的富を見た。植民地探査は3つの資源採取を軸にはじめられた。木材、砂糖、そして金である。16世紀中葉から、この活動は原住民の奴隷化と、ついで数百万にのぼるアフリカからの黒人奴隷に支えられることになる。

予期せぬ発見

　1500年4月22日、ポルトガルの航海者ペドロ・アルヴァレス・カブラル率いる船団はインドをめざしていた。風に流されて当初の予定航路より西にそれた12隻は、見知らぬ島影を認め補給のために上陸する。砂浜でミサがあげられ、そのために大きな十字架が立てられた。カブラルはこの新たな世界を「真の十字架の地」と名づける。彼が発見したばかりの土地こそブラジルであった。先住民との出会いは平和的なものだった。船団は数日陸上にとどまっただけで、5月1日インドをめざして出航する。先住民との契約を作成し、現地語を習うよう命令を受けた2人の船員が残されたが、彼らはこの航海のために雇われたごろつきだった。この無名の2人こそ、ブラジルでの最

> ### 言の葉
>
> 山の指がゆっくりと空と海のなめらかなバルブを開き　なにが到来するか知る由もない　途方もなく巨大な出逢いを予告していた
> ジャン・クリストフ・リュファン『ブラジルの赤』2001年

初のポルトガル人入植者となったのである。

開発型植民地

　カブラルがポルトガル王に送った発見の報告書のなかで、同行していた作家ヴァス・デ・カミーニャが広大な森林と特殊なタイプの木パウ・ブラジル

植民地支配（1500-1822年）

［ブラジル木、和名：蘇芳の木］に言及していた。赤褐色のその木は「ブラジル」の語源となった。彼はまた銀と金の存在の可能性も強調し、この富は王の関心を引かずにはおかなかった。新たな探検隊が組織された。スペインとは異なり、ポルトガル王は入植目的ではなく、商業目的の開発のための植民地経営をめざしたのである。1502年にはすでに、商人フェルナンド・デ・ノローニャは、ポルトガルの幸運王マヌエルとのあいだにブラジル産木材の納入契約を結んでいる。こうして、木材の集中的伐採サイクル（1500-1570）がはじまる。王はまたバイーア・カピタニア［植民地時代の行政単位］における砂糖産業の振興を望んだ。サトウキビ農園が増え、砂糖産業が成長株となり、1570年には木材を追い越すまでになる。こうして、砂糖の売買は1世紀近くにわたって隆盛を誇る。しかし、1650-1666年のあいだに、アンティル諸島産の砂糖の競合によって生産量は落ちた。

17世紀末の金鉱と輝石鉱の発見は砂糖産業の凋落を補った。これにともない、経済的ついで政治的中心は南に移る。1763年、首都はサルヴァドール・デ・バイーアからリオデジャネイロへと移転する。しかし1822年、ペドロ1世がブラジルの独立を宣言すると、金資源の減少と社会不安の増大により、この経済サイクルの疲弊の最初の兆候があらわれる。それは植民地時代の最後の兆しでもあった。

奴隷制社会

植民地時代の3つの経済サイクル（木材、砂糖、鉱業）は多くの人手を必要とした。この需要にこたえるため、ポルトガル人入植者は奴隷制度を導入した。1500-1530年代、現地住民——とくにトゥピ族——が木材の伐採に駆りだされたが、彼らの労働は奴隷制というよりは協力関係にもとづくものであった。1515年以降の砂糖キビ栽培が、ブラジルにおける奴隷社会の到来を告げることになる。森林での生活に慣れてきたトゥピ族は、畑での労働条件には向いていなかった。

彼らの抵抗を前にして、ポルトガル人はほかの種族を（買うか追いたてるかして）奴隷として使うことを決める。しかし、彼らがもっとも頼ったのはアフリカの黒人奴隷の輸入であった。1550年から1850年のあいだに強制的にブラジルに連行され、奴隷とされたアフリカ人は400万人にのぼった。こうしてブラジルは南北アメリカで奴隷制度を導入した最初の国となる。おもにアンゴラ、ギニア湾、セネガル、ガンビアからつれてこられたこれらの奴隷は、ポルトガル、ブラジル、アフリカを結ぶ三角貿易の一端を担わされたのだった。1763年、先住民の奴隷制

植民地支配（1500-1822年）

度は廃止されたが、黒人奴隷は植民地　　時代ののちも1888年まで続いた。

ブラジルの建設

反乱と革命（1500-1930年）

　植民地時代から、ブラジルの歴史は多くの反乱によって彩られ、それは歴史の属性のようになった。16世紀から20世紀までのあいだ、抵抗の炎は燃えひろがり、さまざまな形態をとった。先住民による抵抗運動、奴隷の蜂起、社会的暴発、メシア運動、軍事クーデタ、独立派運動などである。しかしながら、エリートによる支配構造にゆさぶりをかけたり、直接的に現政権を転覆させることができた運動は多くはなかった。逆説的だが、ブラジルの統一はこれらの運動の一部の上に構築され、その指導者たちはあとづけながら国家のアイデンティティ強化に貢献しているのである。

反乱の4世紀

　ブラジルは多くの国に分割されたスペイン帝国のような爆縮を経験することはなく、その領土の統一性が真に脅かされたことはなかった。ポルトガル王室は分離独立主義の萌芽を摘みとるべく警戒を怠らなかった。何世紀ものあいだこうした動きは多かったが、蜂起はいつも手荒く鎮圧された。

　16世紀から18世紀にかけて、入植者たちは、ポルトガル軍やならず者の集団（バンデランテス）の領土侵攻をくいとめようとする先住民の反乱に遭遇した。17世紀から19世紀にかけては、奴隷の反乱だった。それは農村地帯（キロンボ＝逃亡奴隷社会）ばかりではなく、1835年サルヴァドール・デ・バイーアでの蜂起のように都市部でも起きた。18世紀から19世紀のあ

いだ、次々と襲いかかる景気後退の波が数多くの民衆の反乱をまねいた。バイーア州のカヌドス戦争（1896-1897）のように、一部は宗教的色あいをおびたものもあった。

　18世紀末、独立を求める最初の一連の反乱が起きた。ミナスジェライスの陰謀（1789）、リオデジャネイロ（1794）、バイーア州（1798）、ペルナンブーコ州（1801）での謀反に続

言の葉

戦争から平和へ
平和から戦争へ
この国の民はみな
歌えるときには
苦しみを歌う
パウロ・セザール・ピネイロ
『三つの民族の歌』1976年

反乱と革命（1500-1930年）

奴隷制度からの逃亡

ノルウエガ・プランテーションは植民地時代のブラジル大農場の典型的な例である。農場主は館（カザ・グランデ）に住み、奴隷は周辺の小屋（センザーラ）に住んでいた。主人と女性奴隷との肉体関係はブラジル社会の混血に大きく貢献した。19世紀後半には、こうした関係から生まれた子どもたちは奴隷身分から解放された。父親から相続できる場合でも、母親は使用人にとどまった。奴隷解放はまた売買によっても、所有者死亡の場合はその遺言によってもおこなうことができた。逃亡し、キロンボに逃げこむことに成功した奴隷も多かった。

き、分離派の勢いは帝国期（1824-1889）を通じて増大する。それはリベラルな反乱の時代であった。しかし、19世紀末以降、政情不安はほとんど軍の策動によってひき起こされるようになる。この連鎖の火ぶたを切ったのは、軍が王制を廃した1889年11月15日のクーデタである。軍の師団は、権力の奪取をめざす革新的な将校たちの運動〝テネンティズモ〟のような内部蜂起の芽を育んだ（1922-1924）。軍は政治的には穏健な政権を容認した。1930年革命や1964年のクーデタなど多くの政変の背後に軍の影を見ることができる。ブラジル史の研究では、この長い反乱の歴史はしばしば無視されている。しかし、これこそがブラジルのアイデンティティ形成の核心のひとつなのである。

キロンボ・ドス・パルマーレス

キロンボとは逃亡奴隷の自治共同体のことである。植民地時代のもっとも象徴的なキロンボが、ペルナンブーコ・カピタニアにあるキロンボ・ド

ブラジルの建設

ス・パルマーレス（パルマーレス逃亡奴隷村）である。この共同体は最大で2万人の住民をかかえ、1世紀以上にわたってポルトガル入植者たちの襲撃に抵抗しつづけた（1605-1710）。キロンボ・ドス・パルマーレスを率いたのはガンガ・ズンバ、ついでその甥のズンビだった。前者はポルトガルの攻撃に対する抵抗運動を組織し、後者は

さらに攻撃的な戦略をとり、私有地を襲ってほかの奴隷を解放し、武器を奪い、キロンボを発展させた。1695年11月20日、ズンビはわなにかかって殺害され、斬首ののち、その首は見せしめのためにレシフェの広場にさらされた。1710年、キロンボは破壊され消滅した。キロンボを壊滅させるまでに、ポルトガル軍は民兵団の助けを借

りてもなお、18回もの派兵をおこなわなければならなかった。20世紀、ズンビはアフロブラジル人の多くの運動で象徴的な存在となる。1995年以降、ズンビが処刑された日は黒人の良心の日として記念されている。2011年、政府は1068の共同体をキロンボの後継共同体と認定し、一定の土地に対する権利を認め、歴史的文化遺産に定めている。

独立運動

18世紀末、一部の地方をポルトガルの支配から解放するための運動が組織されるようになった。こうした分離独立運動のなかでもっとも有名なものはミナスの陰謀である。地主、知識人、聖職者、軍人のグループが、ミナスジェライス州の独立をめざして陰謀をくわだてた。1789年、裏切りによってくわだては露見し、12人の主要メンバーが逮捕され、リオデジャネイロに送られたのち、大逆罪により死刑の判決を受けた。全員が減刑措置を受けたが、唯一の例外がジョアキン・ジョゼ・ダ・シルヴァ・シャヴィエル、通称チラデンテス（〝歯を抜く人〟の意）であった。彼は首謀者のなかでもっとも貧しい階級の出だったが、彼のみが陰謀に加担したことを認めた。1792年4月21日、処刑がおこなわれ、切断された彼の四肢はミナスジェライスに送り返され、首はオウロ・プレット市の政府庁舎前にさらされた。ここでも、あらゆる不服従の試みを断念させるための見せしめとして、公開処刑がおこなわれている。

王太子ペドロ1世によるブラジル独立宣言（1822年9月7日）ののちにおこなわれた歴史の見直しにより、チラデンテスはブラジル独立の第一の英雄となった。

ブラジルの建設

帝政下のブラジル（1822–1889年）

南アメリカで唯一無血で独立（1822）を手に入れた国として、19世紀のブラジルは特異な道を歩むことになる。隣国のほとんどが共和制になったのに対し、ブラジルは1824年から1889年のあいだ立憲君主制度を押しつけられたのである。ブラジルはまた奴隷制度廃止でも最後の国になった。世紀を通じて高い生産量を誇った強力なコーヒー園主の寡頭支配にもかかわらず、1888年5月13日奴隷廃止が宣言された。その18か月後、王制は軍のクーデタによって崩壊した。

「余はとどまる」平和的な独立

1808年にナポレオン軍の攻撃からのがれるためにブラジルに移ったポルトガル王室は、本国のコルテス［制憲議会］の圧力を受けて、1821年4月にリスボンにもどる。ジョアン6世の息子である王太子ドン・ペドロは摂政の任務をはたすためにブラジルに残った。1821年12月、コルテスはドン・ペドロに帰還命令を出す。たび重なる要求に不満をつのらせていたドン・ペドロはこの命令に逆らう。「余はとどまる」（フィーコ）。ブラジルのもっとも有力な複数の州の支持を得て、王太子は憲法制定議会を招集し、1822年9月7日ブラジルの独立を布告する。12月1日、彼は聖別を受け、戴冠する。24歳だった。ポルトガル軍はわずかな戦闘のあと、1823年ブラジルから撤退する。こうして、ブラジルは南米で唯一戦わずして独立を勝ちえた国となったのである。また唯一の君主国ともなった。とはいえ、リスボンに借金の付け替えを条件にブラジルの独立を認めさせるのには3年の歳月が必要だった。

ひとつの「政治的フィクション」

成功の自信を得たドン・ペドロは、

言の葉

5月13日
サント・アマロのマーケット
広場では黒人たちが
奴隷制度の終焉を
祝っていた
（そして今日もまだ祝っているか
もしれない）
カエターノ・ヴェローゾ
『5月13日』（2001年）

帝政下のブラジル（1822-1889年）

制憲議会を1823年11月10日に解散したが、これは昨日までの政治的支持層であった地方のエリート層の反感をかきたてた。1824年、ブラジルを立憲君主国とする憲法が定められた。ベンジャミン・コンスタンの言説から大きな影響を受けたこの憲法は、皇帝に立法、行政、司法のあいだの紛争を仲裁する「仲裁権」を付与している。これにより、ペドロ１世は政治的かけひきを超越する存在となったのである。皇帝は大臣を任命し、思うままに議会を解散できた。彼の敵対者たちは独裁だと非難の声をあげ、帝国の経営は安定しなかった。３年にわたる紛争ののち、1828年シスプラティーナ地方がブラジルから分離し、ウルグアイ共和国となる。さらに、財政難から不人気な政策を次々と打ちだした結果、エリート層からの非難、暴動による不安で、ペドロ１世は支持を失い、その正統性は首の皮一枚でつながっているに等しかった。

1831年４月７日、ドン・ペドロによる息子ペドロ２世への譲位は、この時期のブラジル国民にとっては２度目の独立を意味した。新たな摂政時代をへて、ペドロ２世は1840年14歳で実権をにぎる。その治世は50年近く続いた。峻厳な人柄と高い教養をもって、

ブラジルの建設

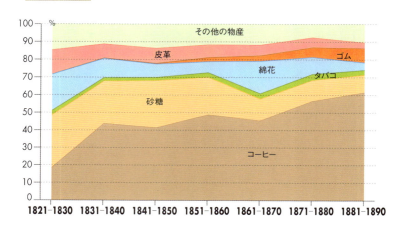
輸出物産

ペドロ２世は早くから名君として認められた。多くの書物を読み、旅行をし、文学美術の振興に努めた。政治的には1824年憲法を守り、調停役をはたし、自由主義と保守主義の政権交代を円滑に進めた。歴史家のホセ・ムリロ・デ・カルバリョはこの時代（1840-1889）を「政治的フィクション」と名づけ、皇帝がそこから３つのメリットを引きだしていたと指摘する。すなわち、ひとつの派閥が権力に居座ることで強大になりすぎるのを防ぎ、政治危機が深刻化しないようにし、ふたつの国政政党を競わせることによって、ブラジルに政権交替の政治文化を根づかせようとしたのだという。これにより、ペドロ２世は地方間の格差の増大にもかかわらず、ブラジルの国土統一を強化することができたのである。コーヒー栽培は19世紀を通じて発展したが、その恩恵に浴したのは基本的にサンパウロとリオデジャネイロの少数支配者であった。

奴隷制度の廃止と帝国の崩壊

コーヒーの需要の高まりにこたえるために、ブラジルの南東部の栽培者たちは奴隷制度を拡充した。制度の合法性は1824年憲章で認められている。リオデジャネイロは奴隷の一大輸入港となり、都市奴隷の取引センターとなった。一方、とりわけ反乱の増大を憂えた帝室はいまや制度の廃止に傾いており、コーヒー生産者の貪欲な労働力需要と皇帝権力側の廃止の意図とのあいだに軋轢が生じる。皇女イザベルのように皇帝の周辺でも廃止に向けた動きがあったにもかかわらず、人の考え方を変えるのには時間がかかる。経済

帝政下のブラジル（1822-1889年）

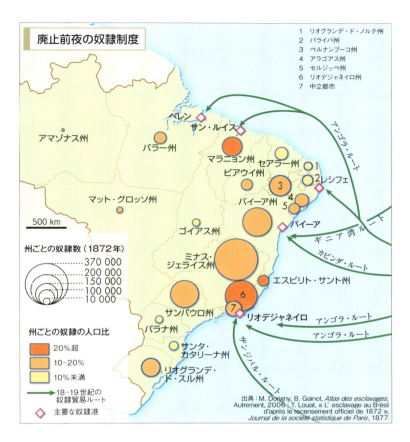

効率の優先という大義もあった。皇帝にとり、帝国の財政に大きく貢献し、危険な力関係につき進む可能性のある寡占的コーヒー農園主を敵にまわすことは困難だった。

そのために、奴隷制度を制限する措置はひどく慎重で漸進的だった。1850年、イギリスをはじめとする大国の圧力のもとに、奴隷の取引は最終的に禁止された。1871年、「出生自由法」によって、奴隷の母親から生まれた子どもの解放が定められ、1885年には、65歳超の奴隷が解放された。1888年5月13日、皇帝が海外訪問中に摂政をつとめていた皇女イザベルが「黄金法」を発布し、奴隷制度は廃止された。この措置がもたらすリスクを認識していた皇女は警告の言葉を発している「奴隷制度の廃止は帝室に警鐘を鳴らす」。1889年11月15日、帝国は崩壊する。

旧共和制（1889-1930年）

　1889年11月15日、軍はブラジル合衆共和国（現在は「旧共和国」とよばれている）を宣言し、南部地域諸州の支配を認めた。ブラジル社会は産業化、都市化、そして新たな移民労働力による繁栄という急激な変化を経験する。しかし、権力側のエリートたちはこれらの変化の速度もその深さも理解できていなかった。彼らは没落しつつあるコーヒー産業の少数支配者たちのイメージのままに国家の再編に励んでいた。共和制は1930年の軍事クーデタによって終わりを告げる。共和制を生みだし、葬りさった軍は、政治の舞台で新しい役割をはたすことになる。

カフェオレ共和制

　帝国の崩壊にともない、寡頭的コーヒー大地主たちは、中央集権的で奴隷制度廃止を推進した政権への反撃をはじめる。1889年11月15日、軍はアメリカにならって連邦制度を制定した。これにより、従来の行政区分は21の州に置き換えられ、大きな自治権があたえられた。この時期はときに「カフェ・コン・レイテ（カフェオレ）共和国」とよばれる。政治がサンパウロ州（コーヒー生産の中心地）、リオデジャネイロ州、ミナス・ジェライス州（乳業の中心地）のエリートたちによって支配されていたからである。コーヒーと牧畜業が国家経済の基盤を支えているとはいえ、ブラジルは多様化の時代にさしかかっていた。ゴム取引はアマゾニア州のマナウスに富をもたらし、繊維および農産物加工産業が南部の都市に出現した。多数のヨーロッパ移民（イタリア、ポルトガル、スペイン、少し遅れてドイツ）が南部の港に上陸し、新たな労働力需要をまかなうとともに都市プロレタリアの形成に寄与した。

軍部──
調停権力から攪乱権力へ

　旧共和制施行の原動力であったブラジル軍は全面的な変貌をとげ、政治の舞台で新たな役割をはたした。変化はいくつかの点におよんだ。まず兵員採用に関して大幅な増員が実現し、1888年から1930年のあいだに、陸軍は1万3500人から4万3173人、海軍は3300人から7167人に増員している。組織面では、これら兵員の国土全体への戦略的配置により、訓練のプロ化、内部構造の強化（決定プロセスの集中

旧共和制（1889-1930年）

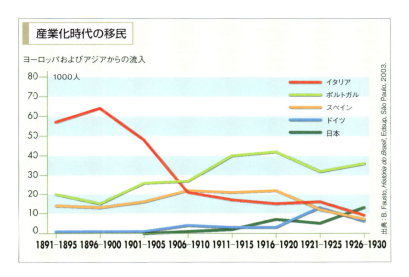

化）がはかられた。さらに政治的には、異なる政治レベル（行政および律法）への進出がはかられ、1890年には下院議員の19％、上院議員の17.5％が軍人によって占められた。軍部は、政治とのかかわりにおいて3つの姿勢をつらぬいた。不介入（職業軍人の論理）、政治的紛争を仲裁するための介入（軍人集団の論理）、権力行使のための改革的介入（軍人市民の論理）。しかし軍は、内部分裂と複数の抗議勢力の出現によって弱体化していく。もっとも激しかったのは1922年から1930年にかけてのテネンティズモ（青年将校による運動）で、エリートの「腐敗」に不満をつのらせた若手将校たちの一連の反乱であった。コパカバーナ要塞の18戦士の反乱（1922年、リオデジャネイロ）、1924年サンパウロ革命（サンパウロ）など、彼らはいくつかの反乱を起こした。こうした活動が短期的に実を結ぶことはなかったが、政体はゆらぎはじめる。

1930年革命

20世紀初頭、都市化と産業発展の波が都市と地方の関係をゆるがした。

言の葉
マダムは言う
人種なんて改良できるもんじゃない
人生が悪くなるのはサンバのおかげ　マダムは言う
サンバは民主主義
安っぽい音楽よ
ルシアーナ・ソウザ『マダムと言い争ってもむだ』2001年

ブラジルの建設

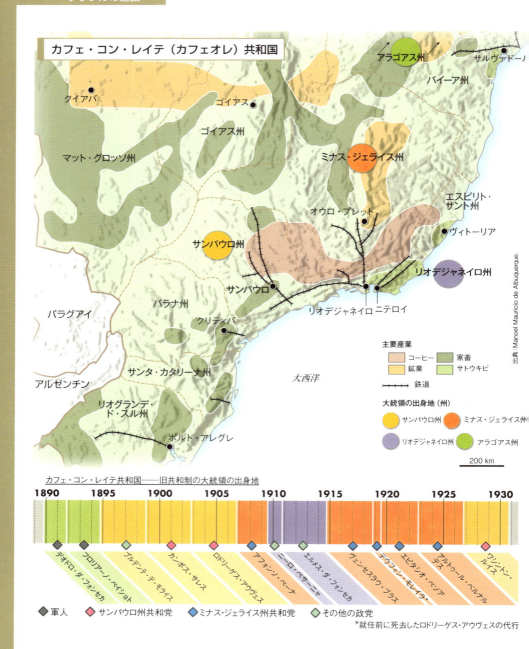

軍人たちとは別に、その他の社会層（知識層、都市労働者など）が、相場の下落によって弱体化したにもかかわらずいまだに社会の変化を理解できず

旧共和制（1889-1930年）

にいるコーヒー生産者の寡頭支配を糾弾するようになる。市民と軍部の利益の一致は1916年の同盟（国防同盟、国家主義同盟）結成につながった。数年の政治経済の不安定期間のあと、1929年の世界恐慌が旧共和制の命運を断つことになる。1930年10月24日、選挙で選ばれた大統領ジューリョ・プレステスは、軍人が率いる集団（調停

者運動）によって執務開始をさまたげられた。1930年革命とよばれるこのクーデタによって、軍はみずからが実現した体制を葬りさったのである。よせ集めの連合体の支持を得て、リオグランデ・ド・スル州知事のジェトゥリオ・ヴァルガスが臨時政府のトップの座に着く。ブラジルにとっての新しい歴史の時代の幕開けである。

ブラジルの建設

1930年から1964年までの政治の概観

　1930年、ジェトゥリオ・ヴァルガスの大統領就任は、ブラジルの歴史にとってひとつの転換点になった。南部の伝統的な農村出身のジェトゥリオ・ヴァルガスは国を近代化へと導く。30年のあいだ、政治の舞台はこのパラドックスと魅力に満ちた人物を中心にまわりつづけた。1930年から1945年、ついで1951年から1954年の在任中に、彼は中央集権化と工業化の時代を切り開き、同時にブラジルを国際舞台の上に押しあげた。ただ、彼の政策は基本的に都市大衆の統合をめざすものであり、彼はそこで父権主義的な統制をおこなった。

改革の時代 （1930-1945年）

　ジェトゥリオ・ヴァルガスは、その時代のブラジルの矛盾を体現するようなパラドックスに満ちた男だった。「ドクター・ジェトゥリオ」（支持者たちはそう呼んだ）はブラジルを近代化し、労働者に多くの権利をあたえ、女性の参政権に道を開き、混血をブラジルのアイデンティティの土台と認めさえした。その一方で、ヨーロッパのファシズムに影響された父権主義者で煽動政治家でもあった心配症の「セニョール・ヴァルガス」は、労働者から政治上の自治をとりあげ、ブラジルを独裁の鋳型に放りこんだ。1930年革命で政権についたヴァルガスは、政治的、社会的な力関係を逆転させた。旧共和制は地方地主の寡頭支配を認めていたのに対し、彼はブラジルを中央集権的な近代化路線へと導いた。国民国家の

力を主張し、都市労働者の政治舞台への登場をうながした。1930年にはすでに労働省を創設し、つづけて多くの先進的社会政策を打ちだす。女性と子どもの就業規制（1931）、1日8時間労働（1932）、有給休暇（1933）、社会保障の拡大（1934）、最低賃金（1940年以降実施）などである。ヴァ

> ### 言の葉
> 道を開け
> ジェジェ［ジェトゥリオ］が通る
> ごらん　歴史がつくられる
> 道を開け　ジェジェが行進できる
> ように——大衆の記憶のなかを
> 彼は国民からもっとも愛された元首
> シコ・ブアルキ＆エドゥ・ロボ
> 『ドクター・ジェトゥリオ』
> 1683年

第2次世界大戦とブラジル

第2次世界大戦の初期、ブラジルは中立を保ったが、真珠湾攻撃を機に連合軍の側について参戦した。1942年1月、ブラジルはドイツ、イタリア、日本と国交を断絶する。ついでアメリカとのあいだに北部での北米軍基地建設を合意し、見返りに鉄鋼工業をはじめとするブラジルの戦略的産業への協力の約束を得た。アメリカはまた2億ドル相当の武器を供与し、ゴム生産に500万ドルの投資をおこなった。

報復として、ドイツとイタリアはブラジルの船舶に対する潜水艦攻撃を複数回にわたっておこない、1942年8月15日から17日にかけて、5隻の客船がブラジル沖で撃沈され、600人以上が犠牲になった。翌週、ブラジルはドイツとイタリアに対し宣戦を布告。1943年1月、ヴァルガスとルーズヴェルトは、連合軍支援のためのブラジル遠征軍（FEB）の創設を発表した。1944年の1年間に、2万6000人のブラジル人兵士（プラシーニャス）がセネガルとイタリアに派遣された。ブラジルの参戦は遅かったが、参戦そのものは戦争の趨勢に影響をおよぼした。

ルガスはブラジルの経済構造の変革にも力をそそいだ。輸出農業モデルの燃え滓の上に、国家的工業化成長モデルを推進した。しかしヴァルガスは独裁主義へと舵を切り、1937年11月10日、独裁体制エスタド・ノヴォ［新国家の意］を敷く。国民会議［国会。連邦議会とも］閉鎖、政党の解体、そして反対勢力の弾圧。1937年から1945年のあいだ、社会目標の達成は政治的多元主義と引き換えにおこなわれたのである。

ブラジルの建設

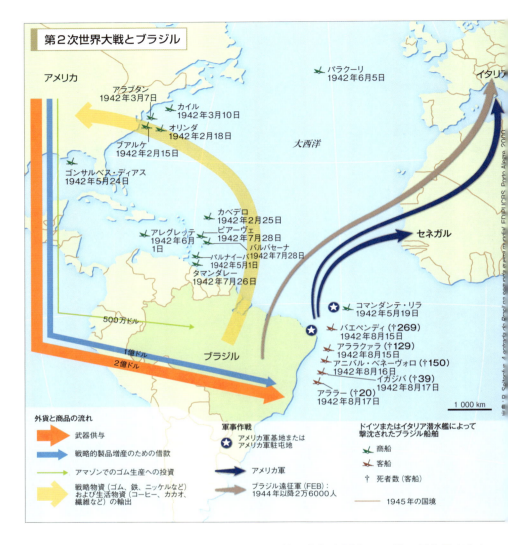

民主主義の経験（1945–1964年）

　戦争末期、エスタド・ノヴォの独裁体制は国際的な民主化の高まりとの矛盾を露呈する。ヴァルガスは自由化の保証をいくつかあたえ、選挙の実施を約束する。だが、労働者のあいだでの彼の人気を憂える一部の保守層があり、1945年10月29日、彼は将軍たちのグループによって大統領の座を追われる。後継者にはかつて彼の盟友のひとりであったドゥトラ将軍が選ばれる。普通選挙と複数政党制にもとづく政治制度が実現する。

1930年から1964年までの政治の概観

政治から身を引いた一時期を経て、ヴァルガスは1950年に大統領選挙に立候補し、ブラジル労働党（PTB）の旗のもとに再選をはたす。彼は国家主義的な成長計画に再度挑戦するが、経済的悪条件にはばまれて、改革は効果をあげなかった。ジャーナリストで連邦議会議員でもあったカルロス・ラセルダ率いる国民民主同盟（UDN）が激しい反対を浴びせた。1954年8月、そのラセルダがテロにあい負傷する。実行犯がヴァルガスの身辺警護隊員であったことが判明し、ヴァルガスはメディアの攻撃を受け、軍部の圧力にもさらされて、1954年8月24日自殺する。その悲劇的な最期は彼が残した胸打つような遺書によってドラマティックな様相をおび、大きな感動を生んだ。彼はブラジルを発展させ、人びとのために命を捧げた指導者、そして「貧者の父」として大衆の記憶のなかにきざみこまれたのである。

彼の政治的後継者たちはブラジルの近代化路線を引き継いだ。ジュセリーノ・クビチェック（1955-1960）は新たな成長のリズムを約束し、ブラジルの成長達成を50年から5年に短縮するため、31にのぼる具体策を定めた。あとを継いだジョアン・グラール（1961-1964）はこれらの公共政策を引き継いだが、彼の労働者対策は共産主義の脅威を叫ぶ軍部の新たな介入を招くことになる。1964年3月31日のクーデタはヴァルガスの時代の終焉を告げた。

ブラジルの建設

国家の建設とブラジリダディ

　20世紀初頭、ブラジルは自分自身に目覚める。ヨーロッパおよびアメリカのモデルに背を向け、自分自身のアイデンティティを創出する。1920年代、芸術家たちは自国の文化の独自性を探し求めた。彼らが描いたのは、多様な人種をのみこみ栄養とする人食いのブラジルだった。そこから独自の文化を生みだそうとしたのである。1930年革命のあと、複数の知識人がブラジルの歴史の読みなおしをおこない、混血をブラジリダディ［ブラジルのアイデンティティ］の中心にすえた。ジェトゥリオ・ヴァルガス大統領のもとで、混血の再評価は手がかりを探していたブラジル社会のアイデンティティの新たな台座となった。

文化的アイデンティティとブラジリダディ

　1910年代から、ブラジルはアイデンティティの曲がり角にさしかかる。独自の混血の文化に通じる道である。サンパウロの近代美術週間（1922年）を皮切りに、ブラジルは芸術のモダニズムへと突入する。ヨーロッパ・モダニズムのビッグネームと交わってきた何人かの芸術家たち、たとえば詩人のオスヴァルド・デ・アンドラーデ、作家マリオ・デ・アンドラーデ、音楽家のエイトル・ヴィラ＝ロボス、あるいは画家タルシラ・ド・アマラルらは、みずからの時代のブラジルの特性をとらえなおそうとした。サンパウロの豊かなブルジョワ階級の支持を得て、当

国家の建設とブラジリダディ

人種民主主義の神話

ジルベルト・フレイレは『大邸宅と奴隷小屋』のなかで、近代ブラジル社会の発展にとっての混血の役割を評価した。新たな国家的イメージにおいて、「3つの人種」(先住民、黒人、白人)の出逢いは豊かさの源泉となる。これ以降、混血はブラジリダディの台座となった。そして、現実よりは神話に近い人種民主主義がことほがれる。

時の保守的な世論の反対を受けるリスクをおかしつつも、彼らはサンパウロの市立劇場を舞台に活動をくり広げた。芸術家たちの航跡を追うように、1930年代には若手の知識人たちが国のアイデンティティをめぐる豊かな思考を重ねた。ジルベルト・フレイレ(『大邸宅と奴隷小屋』1933年)、セルジオ・ブアルキ・ヂ・オランダ(『ブラジルのルーツ』1936年)、カイオ・プラド・ジュニオール(『近代ブラジルの成立』1942年)などがあげられる。

目安を失いつつある社会において(1929年危機、1930年革命、ヴァルガスが推進した改革の波など)、こうした思想家たちの影響は大きかった。彼らは肯定的な混血のイメージを掲げ、人種的偏見をくつがえした。ジェトゥリオ・ヴァルガスは国家的アイデンティティ強化のために喜んでこうした価値観の転換に力を貸した(教科書での混血男性の賛美、ブラジル文化遺産の再評価など)。彼はまた選挙権の拡大

言の葉

アントロポファジー [食人]
のみが
われわれを結びつける。
社会的に、経済的に、哲学的に。
Tupi or not tupi,
that is the question.
[トゥピーはインディオの言葉]
オスヴァルド・デ・アンドラーデ『食人宣言』
1928年

ブラジルの建設

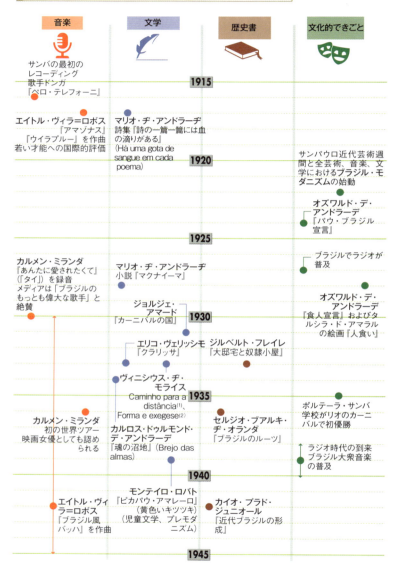

をはかり、1932年からは女性の選挙権を認めた。1930年から1945年のあいだに、投票者の数は180万人から620万人にまで増加し、大衆の政治参加を可能にした。だが、非識字者が選挙名簿に加えられるまでには、なお半

国家の建設とブラジリダディ

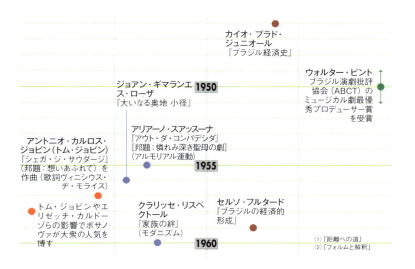

世紀近くを待たなければならなかった（1988年）。

フランスとブラジル──大学間の交流

20世紀初頭、フランス人医師ジョルジュ・デュマは、フランスとブラジル両国の文化的接近に大きく貢献した。1930年代、彼はふたたびサンパウロ大学（1934年）、リオデジャネイロ連邦大学（1935年）といった新たな大学創設に奔走する。1934年にサンパウロ大学が雇用した15人の教授には、6人のフランス人がふくまれていた。つづいて、一連のフランス大学使節団がサンパウロ、リオデジャネイロ、ポルト・アレグレに派遣された。こうして、社会科学の碩学たちがブラジルの新しい知識エリートの育成にたずさわ

ることになる。歴史家フェルナン・ブローデル（1935-1938）、人類学者クロード・レヴィ＝ストロース（1935-1938）、地理学者ピエール・モンベーク（1935-1946）、あるいはフランスに帰国したときに「ブラジルはわたしを賢くしてくれた」と言った社会学者ロジェ・バスティド（1938-1954）らがいる。

ブラジルの建設

国土の開発と整備

　ブラジルの国土の定住化はまず沿岸地帯からはじまった。今日でもこれらの地域は高い人口密度を誇っている。16世紀以降、多くの派遣隊がブラジル内陸への道を切り拓いてきたが、本格的な国土整備政策が生まれたのは1950年代になってからである。中央集権的な近代化路線へと舵を切った政府のかけ声のもと、ブラジル西部の開発は工業振興に必要な天然資源の輸送を容易にした。それ以降、天然資源をめぐる開発と保護のバランスの追求は、ブラジル社会の緊張の一因となっている。

自然の現状

　16世紀以降、ブラジル内陸部の征服を担ったのは、バンデイランテと呼ばれる冒険者たちからなる遠征隊と開拓者グループの活動で、彼らは国境の安定化（人跡未踏の地域での要塞の建設）に貢献しただけではなく、新たな天然資源（鉱山、ゴムなど）の発見をもたらした。ブラジルの国土の定住化が沿岸地域に集中する一方で、住民の冒険魂は内陸部に多様な開拓フロントを展開し、入植地を広げていった。20世紀中葉、中央集権的な政府はブラジル内陸部への進出を再開、合理化し、西部地域開発のための鉄道や道路などの新たなインフラ建設がおこなわれた。こうした近代化への強い意志は、「真空のブラジル」をとりこんで国土の不均衡を減少させるのに役立っただけでなく、天然資源の活用をうながし、工

業振興への刺激にもなった。しかし、どうやったらこのモデルを環境のバランスをそこなわずに永続させることができるだろうか？　自然保護支持者と開発推進派とのあいだの緊張はブラジル社会における重要な対立軸となる。ルーラ大統領とルセフ大統領のもとでおこなわれたサンフランシスコ川（東北部）の分水事業やベロモンテダム（アマゾン川流域）の建設などのプロジェクトは、対立するふたつの成長ヴ

言の葉

未来都市ブラジリアの模型を前にすれば、西洋世界が設計したもっとも大胆な都市になるであろうことがわかる。
アンドレ・マルロー、1959年8月25日ブラジリアでの演説より

ィジョンのあいだの火種となっている。異なる圧力団体に挟撃されて、政権は長期の一貫した整備政策を策定するのに四苦八苦しているが、その一方で、国土全体にわたる保護区域（自然および先住民保護区）の増大が略奪的開発の歯止めになっていることは確かだ。

ブラジリア、近代ブラジルのシンボル

　ブラジルの歴史上3番目（サルヴァドール・デ・バイーア、リオデジャネイロに次ぐ）の首都ブラジリアは1950-1960年代の政治的主意主義の象徴である。ジュセリーノ・クビチェック大統領の施政下1960年に完成したこの街は、それまでなにもなかった台地（プラナルト）の上に建てられ、海岸からは1000キロメートル以上も離れている。新首都の建設は近代化とブ

ブラジルの建設

ラジル内陸部の征服へと向けられた指導者たちの強い野心を反映するものであった。パイロットプランでは飛行機の形が描かれ、その機首は未開拓の資源を埋蔵し国土への統合が進んでいないアマゾン流域に向けられている。それは飛び立とうとする鳥だと言う人もいれば、弓矢の表象を見る人もいる。

しかし、そうした自然回帰に近い解釈は当時の政治指導者たちの「成長志向」の精神とは矛盾する。共産主義者の建築家オスカー・ニーマイヤー（1907-2012）と都市計画家ルシオ・コスタ（1902-1998）によって設計されたこの未来派都市は、権力行使の機能的空間であることも意図されている。決定プロセスを合理化するために、権力機関のあいだの交通を容易にするようデザインされているのもそのひとつである。首都をとりかこむ衛星都市の都市化は進み、人口は増加しているにもかかわらず、ブラジリアは社会の変化に対応するのに苦労し、国の現実から切り離されているかに見える。多くのブラジル人にとって、この高価な都市は、遠くにある浪費と腐敗の権力の座でしかない。

都市化と大都市

1960年代から1970年代にかけての人口急増と工業化政策によって、ブラジルの都市化は爆発的に加速した。仕事を求め、よりよい生活条件を求め、そして水や保健といった一定の基本的サービスを求めて、農村の住民が集団で都市に向かう。制御困難なこうした都市化の波を前に、ブラジルの都市は規模の問題に直面する。どうやって新しい住民を受け入れるか（雇用、不平等）？　どうやって都市空間を整備し、適応していくか（建築、輸送）？　どうやって公害を抑制し生活の質を改善していくか（安全、公害）？

爆発的な都市集中

　ブラジルの都市化現象は植民地時代からはじまる。沿岸地域を主とする都市の建設は、ブラジルの世界経済への進出にこたえるものだった。こうして、発見（1500年）から独立（1822年）までのあいだに181、さらに帝国時代（1824-1889）には595にのぼる都市が造られたのである。こうした行政主体の都市建設は中央政府にとっても、その正当性を確立し国土全般の支配をより確実にするのに役立った。この動きは、旧共和制時代（1889-1930）にも続いた。一部の州（サンパウロ州、ミナス・ジェライス州）の勢力伸長と、生まれつつあった工業化の波がそれを後押しした。

　1920年代、地方の生産地帯が1929年の大恐慌をはじめとするいくつかの経済危機にみまわれてそのダイナミズ

ムを失いつつある一方で、都市部は勢いを増しはじめた。そもそも、1930年革命は都市化するブラジルを肯定し、経済、社会、政治体制へのより円滑な同化をうながすものだったのである。

　しかし、国土の均衡をゆるがすような真の爆発的な都市化を語るには、20世紀中葉を待たなければならない。第2次世界大戦が終結したころ、ブラジル人の大多数は農村地帯に住んでいた

言の葉

サン サン パウロ　ぼくの恋人
サン サン パウロ　なんという苦しみ　800万もの人が住み
無数の煙突と車が
孤独をよせ集めている
トン・ゼー
『サン サン パウロ』
1968年

都市化と大都市

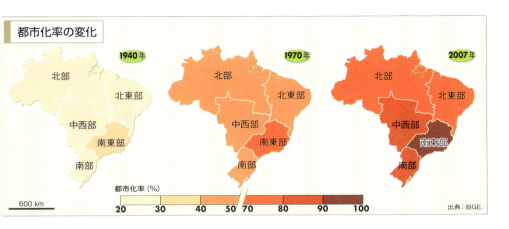

都市化率の変化

(農村人口3000万人に対し、都市人口2000万人弱)。しかし、1950年代に入ると、都市化の動きは非常な勢いで加速する。その結果、1970年代初頭には都市人口は6000万人に達し、1980年には8000万人、1990年には1億1000万人、2000年には1億4000万人近くまで伸びたのである。2014年にはブラジル人の50％が都市部に住んでいるが、この割合はマラニャン州の59％からリオデジャネイロ州の97％までのあいだを変動する。

約束の都市

ふたつの要素がこの都市化現象を説明してくれる。空前のベビーブーム——勢いがおとろえたのは1980年代中葉である——と工業化地域(南西部および西部)への農村からの人口流入である。こうした動きはとりわけサンパウロ州の都市部で顕著であった。

1950年の300万人の都市住民が1980年には1000万人に増え、2014年には2100万人に達している。2003年から2010年まで大統領をつとめたルイス・イナシオ〝ルーラ〟・ダ・シルヴァ自身が、貧しい農村のブラジルから約束に満ちた都市のブラジルへと移動した国内移民を体現している。ペルナンブーコ(北東部)の貧しい家に生まれた彼は、子ども時代にサンパウロの州都へと移り住む。不安定な仕事を転々としたのち、サンパウロの工業盆地で冶金工になる。ここで彼は新しい都市労働者の利益を守るために組合活動をはじめる。1980年に彼が結成した労働者党(PT)は、景気後退によって期待を裏切られ、退廃した軍事政権によって口を封じられた都市のブラジルの意見表明にほかならなかった。

43

ブラジルの建設

人口100万を超える15の都市（2017年）

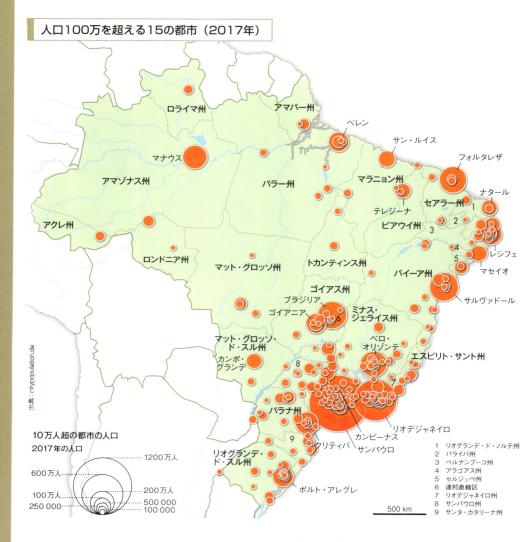

出典：citypopulation.de

都市化を管理する

　基本的には100万超の人口をかかえる15の都市圏では、歯止めのきかない人口増加が新たな統治上の問題を生んでいる。人口集中にこたえるために、地方行政府と不動産開発業者は都市を水平方向に拡大するとともに縦方向にも拡張した。こうして、サンパウロ都市圏は東西方向に100kmまで拡大した。しかし、輸送手段をはじめとする都市整備政策がついていかない。富裕階級は自宅から勤務先や高級ショッピングセンターまでの移動にヘリコプタ

ーを使う。新住民はますます遠くなる周辺地域に追いやられ、多くの場合違法に建てた建物に住むことになる。自治体はスラム街の掘っ立て小屋をなんとか合法化しようと苦労する。公共サービスへのアクセスの遮断は衛生面での問題（回収されない汚物、汚染された水など）を起こすからだ。その上、住民は定期的に洪水にみまわれる。中流階級の人びとは治安の悪さにおびえて隔離された区画に住むか、そうでなければ格子をめぐらした家のなかに閉じこもる。どうやってこうした都市の不平等や格差と闘うか？　どうやって暴力を抑えこむか、あるいは公害と闘うか？　2001年の連邦政府による都市省の設置と都市法の制定は、変容する都市の今日的問題に対する不完全な回答でしかない。

- ブラジルの建設
  ## まとめ

  ### 今日のブラジリダディは ウルバニダディ［都市文化］ と韻をふむ
  ブラジルの100万都市は、経済成長のチャンスに引かれて集まる住民を受け入れるという課題に挑まなければならない。彼らはますます多様化し、ますます増えつづける。暴力、密売、空間的・社会的差別は何百万というブラジル人の日常である。掘っ立て小屋の街（ファベーラ）が豪華な建物の脇に広がり、コントラストをきわだたせる。都市文化は今日では革新的な芸術表現とともにブラジルのアイデンティティに組みこまれている。大陸的広さの残りの国土は、その根幹である農業従事者によって占められている。

  ### ブラジルの建設は 変化しつづける
  この10年間の社会的混乱は、それほど貧しくはなく、またそれほど不平等でもないブラジルを浮き彫りにし、この国に関する人文地理学的修正に貢献した。暴力はサンパウロのような一部の大都市では減少している。開拓前線はこんどは北に向けて移動を続け、国土整備とインフラ建設の努力は倍加した。その一方で、経済成長を支える天然資源の開発は、環境保護を唱えるブラジル人からの異議申し立てを受けている。

成長と環境

　ブラジルは世界でもっとも天然資源に恵まれた国のひとつである。この豊かさは国に経済成長をもたらした。だが反対に、この国の経済の歴史でライトモチーフとなったのは依存の問題である。ブラジル人もまた遅ればせながら、自国の成長モデル（採掘・伐採、工業化政策など）が残した環境への爪痕に気づいた。1980年の危機後、ブラジルはエネルギー資源がキーポイントとなる新たな成長の時代に入る。そこで出現したモデルには、3つの挑戦が提示された。依存からの脱出、長期的経済成長、そして持続可能な発展である。しかしながら、カルドーゾ（1995-2002）、ルーラ（2003-2010）、ルセフ（2011-2016）と続いた歴代政府は、いずれも成長を道しるべとした。外国資本への解放と中国との接近は、依存の問題を再燃させた。近年の進歩にもかかわらず、環境が調整変数であることに変わりはない。

成長と環境

成長のサイクル

ブラジルはその歴史において多様な経済成長のサイクルを経験したが、その基礎となったのは海外市場向けの豊富な天然資源の開発であった。第2次世界大戦後、ブラジルは工業化に向けて大きく舵を切り、たちまちのうちに大陸一の経済大国となった。いまや、中国やインドとならぶ新興経済国と考えられている。しかしながら2000年代の成長は、中国を筆頭とする外国への天然資源の輸出に依存する状態にもどっている。中国の需要の低迷と輸出産品の相場下落によって、ブラジル経済は2015年から2017年にかけて後退局面にある。

植民地のブラジル──天然資源

16世紀初頭からすでに、ポルトガルはブラジルの国名ともなった木材（パウ・ブラジル：ポルトガル語で「赤い木」の意）の輸出に力を入れた。赤色はオランダの織物業者に人気があった。ついで、1530年からは、大西洋諸島での経験をもとに北東部でサトウキビの栽培がはじまる。アフリカ人奴隷からなる豊富な労働力を武器に、ブラジルは1世紀のあいだに世界で最大の砂糖生産国となる。17世紀中葉、オランダが自前の生産をアンティル諸島ではじめたことで、この砂糖の生産サイクルは危機におちいる。これに代わって、豊富な鉱物資源の発見が18世紀のブラジルを新たな成長サイクルに導いていく。国の経済活動の中心は北東部からミナス・ジェライス州中央

部に移っていくが、これは早々に息切れを起こし、そのあとバトンを引き継ぎ経済成長を担ったのは綿花生産だった。産業革命の真っただなかにあったイギリスが、アメリカとの関係悪化を背景にブラジルの綿花を大量に買い求めたのである。一方、アンティル諸島でのフランス対イギリスの政治的緊張の高まりを受けて、砂糖生産も息を吹き返した。

コーヒーのサイクル

独立後、ブラジル経済はコーヒーのサイクルに入る。18世紀末に国の南東部に導入されたコーヒー栽培は急速な発展を見せ、国の経済の重心はふたたびサンパウロとパライバ渓谷へと移る。旧共和国（1889-1930）は、世界の消費量の75%を支配下におさめて繁栄を誇っていたコーヒー生産者によ

成長のサイクル

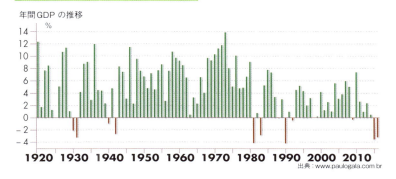

１世紀にわたる年間GDPの推移

年間GDPの推移
出典：www.paulogala.com.br

って支配されていた。だが、彼らもまた1920年代の相場下落に苦しめられる。コーヒーの輸出には鉄道と港湾の建設が必要とされ、これが国の近代化をうながした。1890年から1910年のあいだに、つかのまではあったがカカオ（バイーア地方）とゴム（アマゾン地方）のブームが訪れた。

工業化の時代

ブラジルが工業化の時代に入ったのは第１次世界大戦中のことだったが、発展が加速されたのは第２次世界大戦中から大戦後にかけてのことだった。アメリカは1941年、最初の製鉄所建設（ボルタ・レドンダ）に資金提供をしている。ついで、ブラジル国民に「50年を５年間で」成長させると約束したのは、ジュセリーノ・クビチェック大統領（1956-1959）だった。外国からの投資のおかげで、工業化はとくに耐久機材（機械、自動車）分野で加速した。成長のイデオロギーは1960年代の軍事政権を勢いづけ、インフラ建設とエネルギー分野に予算が投入された。1960年代末の「奇跡的繁栄」はしかし、1970年代の石油ショックによって中断される。

20世紀末のブラジルは経済活動を多様化させ、しだいに工業と農業をミックスした大国へと前進する。

言の葉
主権国家？
そんなごたくがどこから
くるんだ？
そして経済発展？
おれにとっちゃ
それはどん底さ
マルセロ D2
『大統領への手紙』
2006年

49

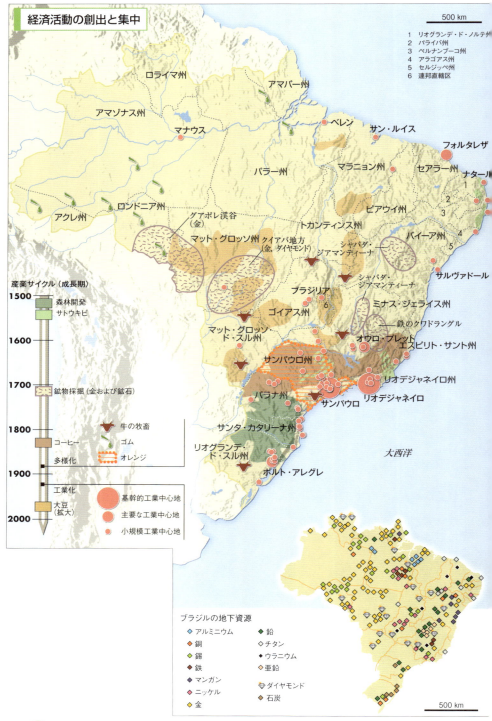

後退するブラジル

輸出に牽引されてきたブラジルの成長は中国の需要低迷にともない停滞し、2015年から2017年のあいだに、近代史でも前例のない重大な危機にみまわれた。ジルマ・ルセフ大統領の罷免へと発展した政治危機がこれに拍車をかけた。2006年から2015年にかけて実現した進歩的社会保障の一部も反故にされた。ミシェル・テメル大統領［在任2016-2018］が提案した緊縮政策も多くの国民の反発を買った。

成長と環境

経済ブーム――
工業とサービス

　1990年代の経済安定時期は工業とサービス業、とりわけ後者に急速な成長を可能にした。工業生産は製鉄から消費財にいたる幅広い分野をカバーした。だがその発展は基本的には国の南部と南東部に限定された。その一方、中国との貿易の強化は脱工業化時代の到来をうながし、いまや第3次産業はブラジルの国内総生産（GDP）の3分の2を占めるにいたった。だが、これもまた国の東南部に集中し、とくにサンパウロはラテンアメリカ最大の金融センターになった。

脅かされる？　工業化

　近代のブラジルにおける工業化はジェトゥリオ・ヴァルガスの大統領第1期目にはじまった。1941年の国営製鉄所の建設がその嚆矢である。彼の2期目（1951-1954）には、重工業の成長をうながす大規模な公共投資によって国家資本主義が出現する。1952年には国立経済社会開発銀行（BNDES）が、1953年には石油公社ペトロブラスが設立された。ジュセリーノ・クビチェック大統領の「プラノ・デ・メッタス［目標計画］」は1956年に始動したが、公的資金を製鉄、エネルギー、通信および輸送にそそぎこむ手法は変わらなかった。1980年代の経済危機を経て、1994年の「レアル・プラン」は経済の不安定な状態に終止符を打ち、外国投資家の懸念を払拭、とくに南部と南東部における工業生産の再活性化

を促進した。食品部門から製鉄まで、化学から自動車まで、あるいは衣類や靴まで、生産の多様化は現実のものとなった。情報、電子、航空機部門も成長した。ブラジルは人工衛星の打ち上げロケットまでも手にし、深海油田の探査および開発の分野では世界的な基準にもなっている。

　2000年代の経済ブームは中国向け輸出の大幅な増加の上に実現したが、その一方で、中国からの輸入はエネルギーとインフラの不足に悩む国内の工業生産を直撃する。2007年の「成長加速プラン」によって改善がはかられたものの、ブラジルの競争力を本格的に向上させるには不十分だった。ジルマ・ルセフ政権は保護政策をとるが、その成果は限定的だった。逆に一部のアナリストが脱工業化の恐怖をあおった。2011年から2012年にかけて、ルセフは総額350億ユーロにのぼる工業

経済ブーム――工業とサービス

自治体別1人あたりGDP

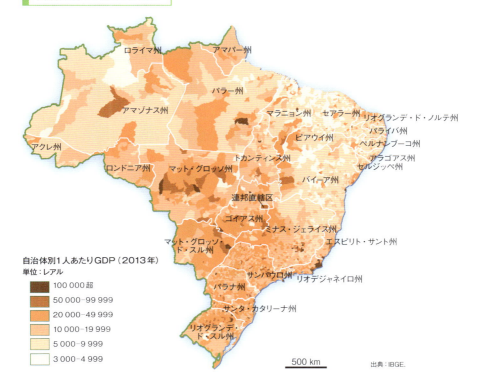

自治体別1人あたりGDP（2013年）
単位：レアル
- 100 000超
- 50 000–99 999
- 20 000–49 999
- 10 000–19 999
- 5 000–9 999
- 3 000–4 999

出典：IBGE.

支援プランを実施する。これに加えて膨大な公共投資（2011–2014に2500億ユーロ）がおこなわれた。2017年には、テメル大統領が工業部門（とくに自動車）の競争力を高めるための新たなプランを実施した（Rota 2030）。

サービス部門のブーム

工業生産の伸びの相対的鈍化と並行して、サービス部門はGDPに占める割合を伸ばしていく。経済危機のあい

言の葉

工業が生まれ成長をつれてくる
変貌する大いなる中心地
国の機関車

サンバ・エンヘード、GRESトン・マイオール
『グロリア・パウリスタ――ブラジル経済の最前線に立つサンパウロ』
2008年

53

成長と環境

だ、この部門はとくにインフォーマル経済に依拠していたが、今日では行政、ビジネス、金融に集中している。支えているのは増大する中流階級とその消費意欲である。すでに十分に潤っている銀行は、消費金融をあおる。オンラインコマースはめざましい発展をとげる。2005年から2010年にかけて、融資残高は対GDP比で25%から50%に伸びた。ブラジルはまたパソコンでは世界第3位、自動車では第4位の市場である。だがここでもまた、輸送とロジスティクスの不足は悩みの種になる。サンパウロの問屋にとっては、中国からコンテナーで買いつけるほうがアマゾナス州からとりよせるよりも安く上がるのである。

産業部門別GDP
第1次産業がGDPに占める割合（2008年）%

経済ブーム──工業とサービス

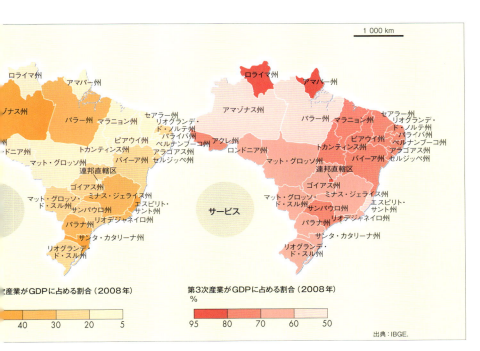

第2次産業がGDPに占める割合（2008年）
40　30　20　5

第3次産業がGDPに占める割合（2008年）
%
95　80　70　60　50

出典：IBGE.

ブラジルへの直接的外国投資
10億ドル

出典：Brasil Fatods e Datos ; CNUCED.

55

成長と環境

貿易

成長を可能にする広大な国内市場を有するにもかかわらず、ブラジル経済は徐々に海外へと目を向けはじめる。伝統的に貿易収支は黒字で推移しつつ、貿易は多様化してきた。輸出産品の種類や主要な貿易相手国は増大し、とくに中国との取引が大きく増加してアメリカをしのぐまでになっている。ブラジルはラテンアメリカでは工業製品を輸出して先進国としてふるまうが、中国に対しては原材料を輸出する開発途上国に甘んじている。

遅れて参入した世界市場

原材料の輸出に軸足を置く経済成長の歴史的サイクルにもかかわらず、ブラジルは長いあいだ対外取引に関して比較的閉鎖的だった。今日でもなお、貿易は国のGDPの4分の1にとどまっている。

1950年以降、ブラジルは国際取引の舞台ではすみに追いやられていた。ブラジルが世界の貿易輸出額に占める割合は1950年には2.26％だったが、1980年には0.99％に、さらに2000年には0.85％にまで下落したあと、2011年に1.6％までもちなおした。

2000年代には、ブラジルの輸出入は急速な改善を見せ、世界的な経済危機にもかかわらず、貿易収支は230万ユーロの黒字、前年比で24.5％改善し、とくに輸出入総額は25％増加した。ただしこの好成績もヨーロッパの危機

のあおりを受けて2012年に中断した。

自国の不測の事態にはもろいが、これまで以上に世界市場に進出したブラジルは、世界貿易機関（WTO）をはじめとする多国間組織での活動を活発化する。ブラジルはWTOに24件にのぼる提訴をおこない、その多くで自国の利益を守ることに成功している。とくにアメリカの輸出綿花への補助金支給について2007年に勝訴している。

ブラジルはさらに各種の貿易協定を

言の葉

われわれはメキシコになろうとしている
ルイス・カルロス・ブレッセル・フェレイラ
2011年

貿易

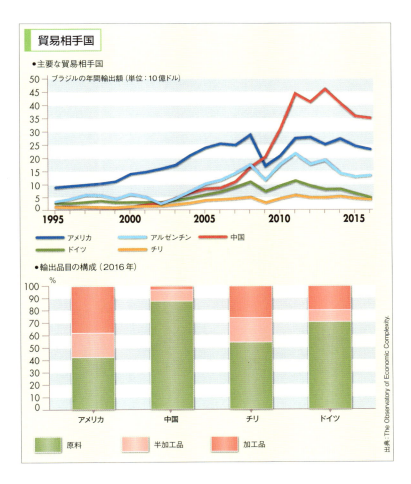

結んでいる。1991年にはすでに隣国（アルゼンチン、パラグアイ、ウルグアイ）とのあいだに南米南部共同市場（メルコスール）を創設、その後の重大な危機（1999年のブラジルの通貨暴落、2001年のアルゼンチン危機）にもかかわらず、域内での取引を活発化させた。こうして生まれた関税同盟は、つづいて自由貿易協定を南米の残りの国々およびメキシコ、さらには域外のイスラエルやエジプト、インド、南アフリカとのあいだで結んだ。

ブラジルの海外貿易の活性化は、貿易相手国および製品の多様化によってもたらされた。最初の貿易相手国10か国がブラジルの輸出入に占める割合は2000年の70％に対して、2006年には65％であった。

ふたつの傾向が見えてくる。ブラジルの輸出入が徐々に中国にシフトして

成長と環境

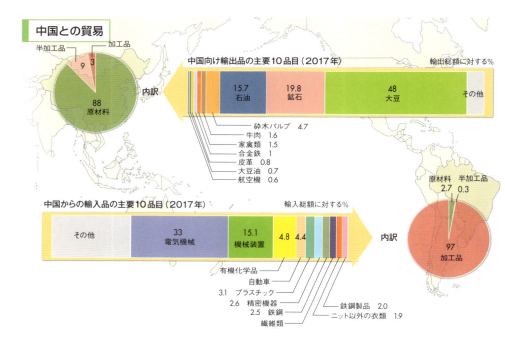

　いること、そして天然資源、とくに鉱物と農産物の開発を加速させていることである。GDPのわずかな割合を占めるにすぎない農業が輸出の40％をまかなっている。ブラジルはいまや砂糖、コーヒー、オレンジジュースの世界最大の輸出国である。ついでエタノール、牛肉、タバコ、大豆、そして皮革と続く。ブラジルはまた鶏肉、鉄鉱石、靴に関し世界第3位の輸出国でもある。

　これらの製品はいずれも、2000年代に相場が高騰し国の貿易収支を好転させた。2002年から2011年のあいだにもっとも劇的な高騰を見せたのは、鉄鉱石（600％）、コーヒー（480％）、石油（397％）、砂糖（292％）、大豆（160％）、タバコ（156％）そして鶏肉（137％）だった。同時に、これら産品の輸出量も増加した。たとえば、砂糖は360％、牛肉は333％、鶏肉は294％、そしてきわめて最近輸出がはじまったばかりの石油にいたっては3142％という増加だった。2014年以降、これらの相場は下落し、ブラジル経済は深刻な後退局面を迎える。

ブラジルと中国

　2009年、中国はアメリカを抜いてブラジルの最大の輸出相手国になった。2000年から2010年のあいだに、対米

貿易

輸出の割合は23.1％から9.6％にまで落ちこんだ。中国との取引は2000年代に30倍にまでふくらんだが、その実態はかなり不均衡である。ブラジルは大豆、鉄、石油を輸出し、機械と電子部品を輸入している。こうした中国向け一次製品の輸出の増加は、一部のアナリストの懸念を招いた。彼らは工業を犠牲にしての「第１次産業への回帰」を告発している。それは原材料の値上がりによって正当化されてはいるものの、ひとつの国への新たな依存形態を生むことになり、その国の成長が減速すれば需要も落ちる。メキシコの対米依存の教訓がある。しかし、中国との取引は2000年から2010年までのあいだ、2007年および2008年を例外として、毎年黒字収支で終わっている。

これに対し、ラテンアメリカではブラジルはおもに半製品ないしは完成品を輸出しているが、この地域での需要は国の経済成長をまかなうには不十分である。2011年、ボリビアへの総輸出額に占める加工品の割合は95.6％にのぼった。この割合はパラグアイでは92.3％、アルゼンチンでは89.9％、ウルグアイ86.7％、コロンビア86.3％、そしてメキシコ向けでは83.7％であった。中国からの投資もまた2000年代には爆発的に増え、おかげでブラジルは世界で２番目に魅力的な国にランクされた。

成長と環境

農業大国

　1990年代、ブラジルは輸出農産物のブームを経験した。大豆は1世紀前のコーヒーの座に着いた。このような急成長が社会と環境にあたえる影響は国民だけではなく公権力にも、さらには世界世論にも不安をいだかせた。生産地域は国の南東部から中西部、さらには北部へと移動した。移動には、森林伐採がともなう。大豆栽培でのGMO［遺伝子組換え作物］の使用も広範な議論を呼んだ。ブラジルは家族農業をすてて輸出農業へと舵を切った。このブームにもかかわらず、ブラジルの経済成長はきわめて高い金利のせいで立ち遅れたままである。

大豆ブーム

　1970年代以降、農業部門は機械化され国際化された。「アグリビジネス」は今日ではきわめて競争力の高い部門となり、ブラジルの輸出の37％を占め、国内総生産（GDP）の5位にランクされるまでになった。2000年代、大豆ブームが訪れた。1960年代から70年代にかけては南東部（リオグランデ・ド・スル州、パラナ州）で小規模に栽培されていた大豆は、中西部から北部（マット・グロッソ州）に向けて移動する。1960年には25万ヘクタールだった農耕地は、現在では3300万以上にまで拡大している。ブラジルはアメリカに次ぐ世界第2位の大豆生産国になったが、潜在的開発力ではア

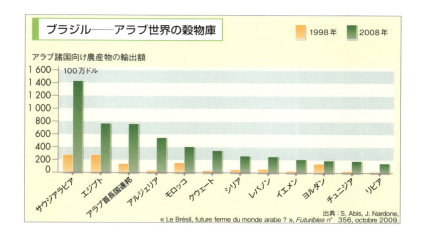

出典：S. Abis, J. Nardone, « Le Brésil, future ferme du monde arabe ? », Futuribles n° 356, octobre 2009.

農業大国

大豆生産の推移

出典：CONAB, 2017.

メリカをはるかに上まわっている。種子、油、しぼりかすなどの輸出用途で耕作され、大豆は農産物加工業で幅広く使われる。とりわけヨーロッパでは家畜や家禽類の餌に使用されている。ただし、ブラジル政府が遺伝子組み換え農業を許可した2004年以降、ヨーロッパからの受注は減少している。この間も遺伝子組み換え大豆の生産は増加、2011年には全生産量の4分の3を占めるまでになった。中国がヨーロッパにとって代わり、ブラジル大豆の主要な市場になっている。

議論される大豆

大豆栽培はブラジルに新たな農業の国境を作っている。マット・グロッソ州では、安価な土地がほかのどこよりも高い生産性をもたらす。一方、農耕地の拡張は、きわめて豊かな生物多様性を誇るセハード［セラードとも］すなわち森林サバンナ地帯の破壊をもたらすとともに、未整備のインフラを補うためにアマゾン川整備を前提としている。こうして、大豆栽培は社会的、環境的対立を生んでしまったのである。環境破壊だけではなく、しだいに減ってはいるもののまだ飢えに苦しむ国民がいる状態で、食糧栽培の衰退と大豆栽培によって得られる富の偏在も批判の的になった。小規模農業はブラジル

言の葉
日の出から日の入りまで
この種をまこう。
農園に祝福あれ！
サンバ・エンヘード
GRESトラディサウ（RJ）
『太陽から太陽へ、太陽から大豆へ… 中国ビジネス！』
2005年

成長と環境

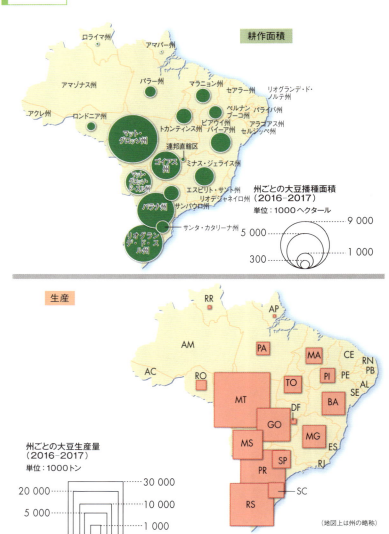

にとって最優先課題ではない。ブラジルのアグリビジネスの勢力は政治的影響力も行使する。ブラジル議会のロビー「ルーラリスタ」はことあるごとに介入して、環境団体や社会運動家たちから大地主の利益を効果的に守ってきた。

農業大国

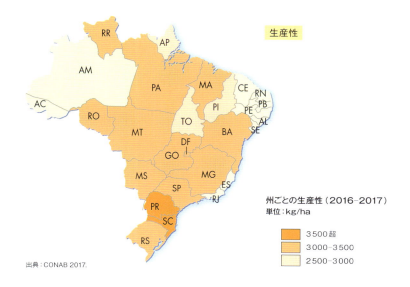

生産性

州ごとの生産性（2016-2017）
単位：kg/ha

- 3500超
- 3000-3500
- 2500-3000

出典：CONAB 2017.

ブラジルとアラブ世界

　農産物のヨーロッパおよび北米市場への輸出の展望が開けないなか、ブラジルは2000年代、食料需要の旺盛な中東およびアラブ諸国に販路を開く。今日では、ブラジルはエジプトの輸入肉の90％をまかない、アルジェリアでは主要な砂糖供給国になっている。これらの国への加工食品輸出は飛躍的な伸びを見せ、なかでもサウジアラビアと首長国連邦ではいちじるしい。並行して、この地域との政治的接近も2005年以降おこなわれている。

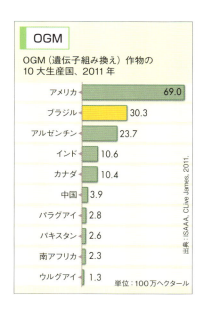

OGM

OGM（遺伝子組み換え）作物の10大生産国、2011年

国	
アメリカ	69.0
ブラジル	30.3
アルゼンチン	23.7
インド	10.6
カナダ	10.4
中国	3.9
パラグアイ	2.8
パキスタン	2.6
南アフリカ	2.3
ウルグアイ	1.3

単位：100万ヘクタール

出典：ISAAA, Clive James, 2011.

63

成長と環境

天然資源——鉱物、水、石油

　最初の入植者はブラジルで利用できるものは木しかないと考えた。その国がいまでは世界でもっとも天然資源に恵まれた国のひとつと考えられている。発見はまだ続いている。ブラジルは非常に豊かな生物多様性や世界で有数の鉱山資源を有しているだけではない。ここには途方もない量の淡水、ガスそして石油がある。しかしながら、経済成長をこれらの資源開発と結びつける「収奪型」モデルは疑問に付されている。

鉱山資源

　ブラジルは鉱山資源に恵まれ、55種類の異なる鉱石を産出している。

　もっとも多いのは鉄で、中国についで世界で2番目の生産国である。ブラジルはさらに世界一の石英の産出国（その埋蔵量は世界全体のほぼ9割を占める）であり、マンガンは2位、アルミニウムは3位につけている。その他の鉱石で主要なものは、金、ニッケル、リン、銀、ウラニウム、亜鉛、カリウム、スズ、クローム、ボーキサイト、銅などがある。

　植民地時代から、鉱山資源はミナス・ジェライス州のような一部の地域に大きな繁栄をもたらした。2000年代、これら資源の一部の相場高騰により、鉱山開発が猛烈な勢いで復活した。同時に、アマゾン地域での金を中心とする違法採掘も再発した。

ブラジル——世界の貯水槽？

　ブラジルは淡水に恵まれている。世界の貯水量の12%を有し、伝統的に発電に使われてきた。ただし水の分布は不均等で、70%近くが比較的人口密度の低いアマゾン川流域に集中している。

　一方、ブラジルには巨大な地下水がある。グアラニー帯水層は5つの国にまたがっているが、ブラジルだけでも100万平方キロメートル（フランスの2倍の面積）におよぶ広がりをもち、

言の葉

自然に恵まれた巨人、美しく、強く、悠久のコロッサス。汝の未来はこの偉大さを映しだす。
ブラジル国歌　1822年

天然資源——鉱物、水、石油

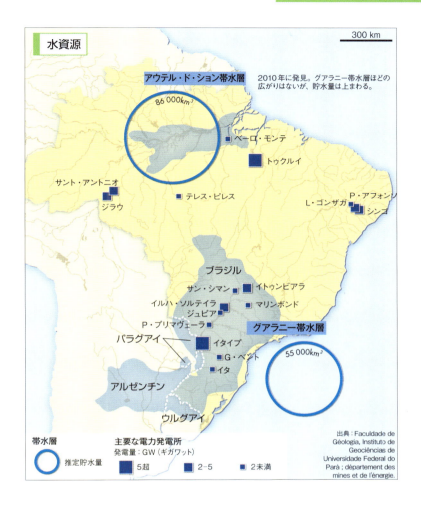

推定5万5000立方キロメートル、理論的には世界中の2世紀分の消費をまかなえる水量を擁している。しかし、この帯水層の開発はサンパウロ州の農業開発が誘発する汚染の脅威にさらされている。2010年4月、ブラジルの科学者たちはアマゾン川流域にもうひとつの帯水層アウテル・ド・ションがあると発表した。2013年に「大アマゾン帯水層」と名づけられたこの水がめには、推定16万2520立方キロメートルの水がたくわえられている。ところがブラジルでは、水インフラのいちじるしい欠陥により、整備不良の導管設備から推定46%の水が失われている。けたはずれな水量に恵まれた国で、人口の45%が飲料水にこと欠いているのである。

65

成長と環境

天然資源——鉱物、水、石油

自足する石油

1997年、それまで国の独占であったブラジルの石油開発と採掘事業の門戸が外国企業にも開かれた。それ以降油田発見があいつぎ、2006年には日産180万バレルの生産を達成し、ブラジルは公式に自給国となった。2007年には、ブラジル沿岸沖合の海底8キロメートルに新たな海底油田が発見され、ルーラ大統領を狂喜させた。彼はふたたび「神はブラジル人」のスローガンを復活させる。認定埋蔵量は60%以上も増加し、2016年には、125億バレルまで引き上げられた。しかし、ブラジルは基本的に原油生産国であって、現場での一貫精製はおこなっていない。したがって、燃料は輸入しつづけているのである。国営石油会社ペトロブラスは2014年の大規模な汚職事件によって弱体化し、世界で10位までランクを落とした（2012年には5位）。

成長と環境

再生可能エネルギー

　2012年6月20日、リオ＋20地球サミットの開会にあたり、ジルマ・ルセフ大統領は誇らしげに強調した。「わが国のエネルギーの45％は再生可能エネルギーです」。ほかに例を見ないほどに水資源に恵まれ、また長年にわたるバイオ燃料分野での経験から、ブラジルは再生可能エネルギーでは世界的リーダー国のひとつになった。こうした発展を支えたのは、石油に依存しないという信念と、エネルギーにおける国の独立性を確保する意志であった。

エタノールの成功

　1975年、オイルショックの反動として、ブラジルは野心的な「プロアルコール」計画を始動させた。石油燃料の輸入削減のために、サトウキビから精製したバイオ燃料（エタノール）を自国の自動車燃料として大々的に生産しはじめた。1983年から1988年のあいだにブラジルで販売された車の90％近くが、ガソリンとアルコールの混合燃料を使っていた。石油相場の下落によりこの進歩は中断され、1990年代末にはエタノールのエンジンを装備した車は新車のわずか1％にとどまった。

　しかし、2002年には、サン・ベルナルド・ド・カンポ（サンパウロ郊外）のフォルクスワーゲン工場は、エタノールとガソリンのどちらでも、または混合して使う最初の「フレックス」燃料車を発売した。ほかのメーカ

ーも追随した。はるかに安く、はるかに汚染の少ないこの新しいテクノロジーが支配的になるのに時間はかからなかった。こうしてサトウキビの栽培はとくにサンパウロ州を中心に増えていく。ブラジルは世界で2番目のエタノール生産国となり、同国で販売される車の80％が今日では「フレックス」仕様である。サンパウロ市はほかの大都市よりも鉛濃度の低い空気を吸い、他方でエタノールに起因するほかの汚染に苦しむことになる。

言の葉

まもなくブラジルは
豊かな国になる
石油の悪魔が
涸れはてたときにはさ
トン・ゼー『いつわりの通貨』
2000年

再生可能エネルギー

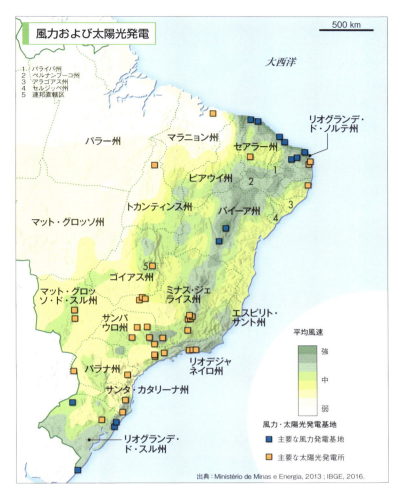

出典：Ministério de Minas e Energia, 2013 ; IBGE, 2016.

　400の砂糖工場のほとんどがエネルギー的には自立している。というのも、砂糖とエタノールを生産した後に残るしぼりかす（バガス）を燃やして得られる電力は工場の稼働を十分にまかない、それでもあまった分は国の電力ネットワークに販売されているからである。

　2005年以降、国は油性植物、動物性油脂およびアルコール由来のバイオディーゼルの製造に関する大規模なプログラムを実行に移した。対象はトラックとバス（ブラジルではディーゼル乗用車は禁止されている）そして工業用途である。2010年以降、ブラジルで販売されるディーゼルオイルはすべて5％のバイオディーゼルをふくんで

いる。

サトウキビ生産の社会的、環境的影響は無視できない。サンパウロ州内陸部の一部の地方では、この単作農業に集中した結果、土地の寡占と土壌の疲弊という問題が起きた。一方、機械化によって、労働条件は改善されている。

代替エネルギー

2002年、政府は意欲的な代替電力源支援プログラム（Proinfa）を始動させ、その枠組みのなかで119のプロジェクトが実現した。とりわけ風力とバイオマスが脚光を浴び、小規模水力発電がそれに続いた。目的はブラジルのエネルギー基盤を多様化するとともに大気中へのCO_2排出を削減することにあり、そのために国内エネルギー消費量の10%を代替エネルギーでまかなおうとするものである。

2006年には達成されるはずであった目標は3度にわたって延期され、なおも実現していない。こうした遅延と生産エネルギーのコストは、国際競争力を懸念する一部の産業部門のみならず一般消費者からも批判を受けた。ブラジル全国工業連盟（CNI）は、ブラジルの電力は世界でいちばん高いと考えている。2012年、プログラムのコストは、「社会料金」の補助を受けている消費者を除く全消費者向け電力料金を0.4%押しあげる結果をもたらした。2012年、ジルマ・ルセフ大統領は、経済活性化のために金利引き下げとともに電気料金の値下げをおこなった。

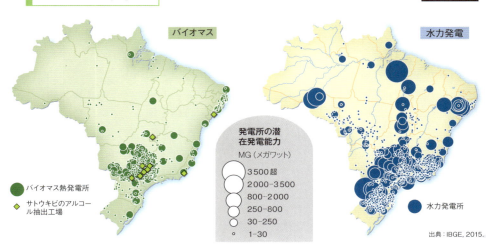

バイオマスと水力発電

再生可能エネルギー

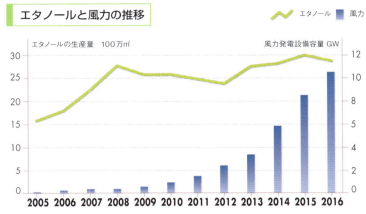

エタノールと風力の推移

出典：Ministério da Agricultura, Pecuária e Abastecimento ; IBGE ; Boletim Anual de Geração Eólica, 2016.

　国内、とくに北部や北東部に風量に恵まれた地域が存在するにもかかわらず、ブラジルの風力発電基地の拡大は遅々として進まず、いまだに国内発電量の0.9％をまかなっているにすぎない。たしかにこれらの地域は、もっとも工業化が進み人口の多い地域（南部、南西部）から離れているという事情はアメリカと同様である。それでも2000年代には成長がみられ、2017年に完成したプラントにより、10年前には245メガワットにすぎなかった総発電量は1万2000メガワットに達した。

　ブラジルがとりわけ積極的だったのはバイオマスで、総電力量の8.8％をまかない、発電設備容量では世界でトップをいく。燃料はおもにバガス（サトウキビのしぼりかす）を使う。

　ブラジルはまた太陽光エネルギーの利用に絶好の自然条件をそなえている。ブラジルのもっとも弱い日射量（サンタ・カタリーナ州、南部）でさえ、ドイツの日射量を20％上まわっているのである。2011年8月、国内でもっとも陽光に恵まれ、もっとも熱い地域のひとつであるセアラー州で最初の太陽光発電プラントが操業開始した。

　しかし、これらの多様なエネルギー源も、総エネルギー生産量の72％を占める水力由来の電力の圧倒的な支配状況を変えることはできない。だが、水力も乾期が長引いた場合にはその脆弱さを露呈する。

成長と環境

アマゾニア——論争の的

　アマゾニアはブラジルの矛盾の中心にある。すばらしい資源の宝庫、成長のてこ、ここにはもっとも豊かな生物多様性があり、地球上もっとも広大な酸素の供給源がある。森林伐採、先住民からの略奪とその絶滅の危機などについては何十年も前から議論が闘わされてきた。ジルマ・ルセフ政府は強力な圧力団体と妥協を重ね法改正にたどり着いたが、新たな森林法典は厳しい批判にさらされている。

森林伐採

　ブラジルは世界で最大の熱帯森林を有する。フランスの国土の10倍に相当する550万平方キロメートルの広がりをもつこの森林地帯には、地球上で知られている動植物の全種類の半分以上が生息する。ここには巨大な飲料水の水がめがあり、なみはずれた炭素の蓄積庫がある。それは環境的豊かさと均衡の源であり、その消失は劇的な結果をもたらすことであろう。

　アマゾニアの森林伐採の深刻な現状は議論を呼んでいる。いずれにしても、数十年前から牧畜の拡大や一部のインフラ計画が原生林の破壊をともなってきたことを否定するものはいない。戦闘的なNGOのほとんどが口をそろえて訴えるのは、サッカー場に匹敵する広さの森が7秒ごとに消えていること、そして先住民居住区の生態系が危機に瀕している現状だ。歴代のブラジル政府は生物多様性および原住民の保護の視点と経済成長をもたらす産業、とりわけ畜産業を阻害したくないとする配慮のあいだで逡巡をくりかえしてきた。

　所有地を開墾する大土地所有者たちは、その利益を守るためにときに暴力に訴えることもあった。有名な自然保護活動家シコ・メンデスは、1988年

アマゾニア――論争の的

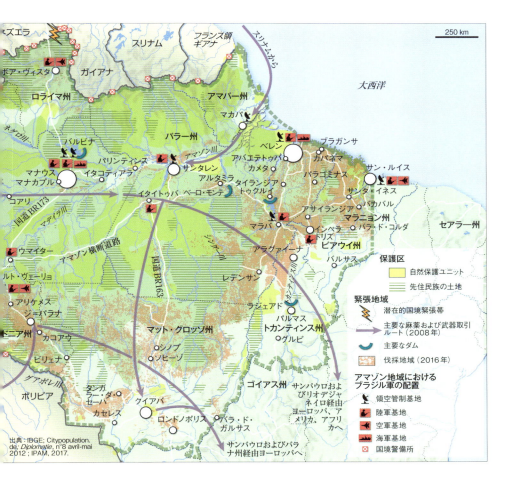

ある大地主が放った刺客によって暗殺された。刺客を雇ったダルシー・アウヴェス・ペレイラは、1990年、19年の禁固刑を宣告された。森林の監視は対象地域の広さと、希少銘木の伐採や砂金採取のような違法行為の増加によってますます困難になっている。

ルーラ大統領の一期目、マリナ・シルバ環境大臣は森林伐採防止国家プランを策定、先住民保護区をつくった。

2003年から2008年にかけて、彼女はアグリビジネスのロビーと対立したばかりか、サンフランシスコ川の迂回、森林地帯を通る道路BR163号線、ベロモンテダム建設などのプロジェクトを推進したい同僚大臣らとも妥協を強いられた。2008年、ルーラは「持続可能なアマゾニア計画」実現のために戦略問題大臣を選任、彼女は辞任した。

この2000年代、肉や大豆などの輸

主要な環境保護法

1934年　最初の森林法典
土地と水の保護、生態系の基本機能の保全。

1965年　第2次森林法典
森林およびほかの形態の植生を共通利益財とみなす。

1999年　環境罪法
自然破壊（水質汚染、違法伐採、規制された動物の殺傷など）につながる行為に対する行政刑罰。

2000年　国家環境保全ユニット制度
環境保全ユニット設立の基準および規制。バイオセキュリティ法：遺伝子組み換え技術を使う事業への課税制度。

2006年　公共森林管理法
規制機関（ブラジル森林サービス、SFB）の創設。森林開発基金の創設。

2012年　新森林法典
適用困難と判断された65年森林法典を緩和。小規模経営農者の利益を守るためといわれたが、現実には2008年以前の多くの違法伐採行為も免罪に付された。

言の葉

勇猛不屈の見張り番
ジャングルの勇敢な守護者
われらはブラジルに愛を捧げる
ブラジル国軍
『アマゾニアの兵士の歌』

出産品の相場上昇は生産者を新たな土地の獲得へと駆りたてた。しかしながら、ブラジル国立宇宙研究所（INPE）によれば、森林伐採のリズムはあきらかに落ちている。2004年、2万7423平方キロメートルほどが破壊されたが、2012年には計測がはじまって以来の最小値4656平方キロメートルが記録された。

バイオパイラシー
[生物資源の盗賊行為]

　アマゾニアの生物多様性の豊かさは強い所有欲も刺激する。1876年、イギリスの探検家ヘンリー・ウィックハンはパラゴムノキの種子を採取し、ゴム生産をとくにマレーシア向けに輸出した。その結果ブラジルの独占に近い状態は破られ、経済サイクルは破綻した。それ以来、ブラジル人は警戒を怠らないが、知的所有権に関する国際的規制はかならずしも彼らの仕事を楽にはしてくれない。多くの薬品や化粧品メーカーが植物相を研究対象とし、特許申請を狙っている。1992年のリオデジャネイロ地球サミットで調印された生物多様性条約によれば、現地の国および住民は自分たちの伝統的文化要素の商業目的の開発から生じる利益の配分にあずかる権利を有するが、これ

はまったく守られていない。たとえば、日本の農産物加工企業がアマゾン特有の果実、クプアスの特許申請をおこなったことがある。これは先住民が多くの用途に用い、治療薬としても使われてきたものであり、結局特許は裁判を経て無効とされた。

新しい森林法典と「フーラリスタ」勢力

1965年の森林法典を改正するための新しい森林法典の準備作業は、ジルマ・ルセフ政権の発足初期に政治的論争と社会的動員とをひき起こした。政府は森林伐採を防止し、原住民を守るために厳格な法規制を望んでいた。「フーラリスタ」ロビー（大土地所有者の利益を代表）の影響のもとに2012年4月に立法議会で投票にかけられた法案は、森林伐採の犯行者たちに恩赦をあたえるにも等しいと非難された。とりわけ問題視されたのは、川の土手に再植林をおこなう義務を幅10メートル未満の川に限定したことだった。5月25日、大統領はこの法案に対し部分的拒否権を発動しただけだった。全面的拒否権を要求していた多くの環境保護団体からは失望の声が上がった。新法典はとくに銀行融資を得るための再植林義務をより厳しく定め、焼畑の期限を厳格化している。また家族農業に不利益をあたえないために、所有土地の規模に応じた再植林義務の基準を設けている。

- ### 成長と環境
  ### まとめ

1992年6月、リオデジャネイロに第3回地球サミットを迎えたとき、ブラジルは混乱のなかにあった。ブラジルの人びとは経済危機により疲弊し、ハイパーインフレーションにあえいでいた。20年後、ブラジルはリオ+20サミット（2012年6月）を劇的に異なる状況で迎えた。とはいえ、すべての不均衡が修正されたわけではない。中国との2国間関係の急激な発展はそれなりの脅威や不安をもたらした。そして2015-2016年の経済危機は不安定さという宿痾（しゅくあ）をよみがえらせた。

ブラジルはほんとうに経済的独立を実現できるだろうか？
環境の均衡を破らずにどうやってエネルギー需要を維持するのか？ 環境問題は政治的アジェンダに加えられた。保護区の創設、代替エネルギーの開発、森林伐採との闘いなどである。環境政策はブラジルの豊かさの再発見という、より広い文脈のなかでとらえられるようになった。そして、ブラジルの豊かさは天然資源の枠組みを超えるものである。混血の再評価を背景に、歴史的、文化的遺産もまたブラジルの国際舞台における存在感の核心にある。

混血

　1928年、詩人オスヴァルド・デ・アンドラーデは画期的なマニフェスト『食人宣言』を著した。そのなかで彼は、植民地時代にポルトガルの宣教師が乗った船の難破を描く。宣教師は先住民によって救助され、喰われてしまう。アンドラーデはそこに宗教的シンクレティズム［混淆主義］のメタファーを見、さらに、ほかの文化を喰らうことの上にブラジル建設の歴史の凝縮を見るのである。

　ブラジルは混血をそのアイデンティティの構成要素のひとつとした。サンバ、カポエイラのようなブラジルの文化的表現は、輸入され変化を重ねた。宗教的シンクレティズムは植民地時代から強化されてきた。

　ブラジルの真のカルトであるスポーツもまた適応を重ねながら進歩した。世界を制覇した「サンバサッカー」も人口に膾炙する。

　ブラジル音楽は1950年以降もっとも知られた芸術的表現であり、つねに進化しながら、異なるジャンルやスタイルを融合させる独特の能力を秘めている。

混血

文化的シンクレティズム──サンバ、カポエイラ、カーニバル

　ブラジルの文化的現象は一般的に大衆のあいだから生まれ、ついでエリートによって育まれてきた。植民地時代に被支配社会階級のなかで生まれたサンバ、カーニバルあるいはカポエイラ［音楽にのせた伝統的格闘技］は、いずれもこのカテゴリーに入る。そのいずれもがまず社会の片すみに追いやられ、あるいは弾圧される。20世紀になって、しだいに文化遺産として認められ、シンクレティズムと混血によって豊かさを増し、ついには国の文化的シンボルのひとつにまでなったのである。混血の記憶と積極的に向きあうブラジルにとって、今日ではそのアイデンティティの重要な指標になっている。

▌混血の３つの表現

　サンバ、カーニバルそしてカポエイラは、今日ではブラジルの混血の力強い表現とみなされる。３つともにそのルーツは植民地時代にまでさかのぼり、ブラジルの異なる芸術的、文化的資質の混淆の上に成立した。カポエイラは16世紀にアフリカから来た奴隷のあいだで広まった。この戦闘のダンスはまずなによりも奴隷主に対する抵抗と闘いの手段であった。サンバもまた奴隷社会のなかで生まれた。プランテーションで歌とダンスのリズムをとった打楽器バトゥーキがそのルーツである。カーニバルは17世紀にヨーロッパからやってきたエントルードの祭りから発展した。この祭りは四旬節の前に粉

や作物を通行人に投げつけるという風習から来たものだったが、19世紀にはヴェネツィアのカーニバルの影響を受けて仮装行列の要素が加わった。カーニバルに合流したサンバのリズムは、シンクレティズムのブラジル文化を歌いあげる。

言の葉

サンバ
それは喜びの父
サンバ
それは苦しみの息子
サンバは偉大な変容の力
カエターノ・ヴェローゾ
『サンバがサンバであったときから』1993年

文化的シンクレティズム

サンバとカポエイラの遺産登録

20世紀まで、サンバとカポエイラはエリート階級によって蔑視されてきた。第1次共和制施行後の1890年には、カポエイラは禁止の憂き目にさえあっている。混血の再評価の大きな潮流のなかで、これらのダンスが国家遺産とみなされるのは1930年代になってからのことである。カポエイラは1937年ジェトゥリオ・ヴァルガス大統領によって合法化された。1953年、指導者メストレ・ビンバの実技を見たヴァルガスは、カポエイラを「真の国技」であると認めた。その実践は大衆のあいだに広まり、専門家も現われた。今日、ブラジルでは600万人のカポエイリスタを数えるまでになった。もうひとつのブラジルの混血のシンボル、サンバもまた国の文化外交のツールのひとつである。はじめてサンバがレコーディングされたのは、1917年のことである（『ペロ・テレフォーニ』）。デイシャ・ファラール（1928年）、マンゲイラ（1929年）、ポルテーラ（1930年）など、1920年代のサンバ学校の開設とともに、サンバは社会的に認知されるようになる。1932年からは、サンバ学校はカーニバルのパレードに参加するようになった。こうしてサンバはブラジルの文化的メルティン

混血

数字で見る2017年カーニバル

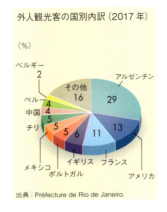

グ・ポットのなかに加わる。そして、『ブラジルの水彩画』（1939年）の曲とともに世界的にもオーラを放つようになる。この曲はディズニー映画『三人の騎士』でもとりあげられた。

観光客動員と政治的表明のツールとしてのカーニバル

ブラジルの文化的現象が華々しい魅力のピークを迎えるのは、まちがいなくカーニバルであろう。2017年、リオデジャネイロのカーニバルは空前絶後の観客数を記録し、110万人の観光客が8億ユーロの収入をもたらした。

文化的シンクレティズム

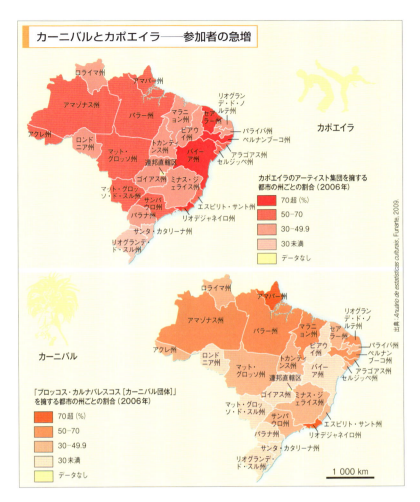

優勝したのは1984年に優勝して以来のポルテーラ・サンバ学校だった。ジルマ・ルセフ大統領の罷免以降初のカーニバルとなった2017年版は、テメル大統領に反対する政治的デモによって記憶されることになる。

混血

文化的実践と文化への
アクセス

ブラジルが提供する文化的選択肢の多様さと、アーティストの創造的ダイナミズムはよく知られている。空白の一時期を除き、文化活動は1990年代以降新たな飛躍を見せている。映画産業の再興がこうしたダイナミズムを象徴している。だが、万人に解放された文化のイメージ——音楽やダンスの路上パフォーマンスのような一部の大衆芸能をとおして発信される——の裏で、ブラジル人の文化へのアクセスは不平等だ。各種の政策により、政府は地理的、社会的不平等を解消しつつ、文化活動の振興に努めている。

文化の溝

文化へのアクセスの不平等は地理的なものと社会的なものがある。ブラジルの大都市部で文化担当部署をもっているのはわずか4.2%にすぎない（ペルナンブーコ州では1.6%）。また文化支援法があるのは5.6%である（バイーア州では4%）。映画を見にいくブラジル人の割合は、小学校に行かなかった層で0.9%、高等教育を受けた層で45%である。また、レジャーと文化への月平均支出額は白人層で45.5レアル（17.5ユーロ）、黒人層で22.7レアル（8.7ユーロ）。それでも、公的機関は文化的実践の振興に努めている。2004年から2012年のあいだに、国は市民社会をまきこんだ地方の文化活動支援のために5億4800万レアル（2億1000万ユーロ）を支出し、全国で3700の「文化センター」が作られた。2010年、インフラ整備と文化的経済振興のために全国文化プランが始動した。2010年には対GDP比2.6%であった予算は、2020年には4.5%に達する見こみである。

言の葉

戦争　それは休戦のはじまり
オウム　それはドラゴンのミニ
アチュア
バクテリア　中心には文化

アルナルド・アントゥネス
『文化』2009年

文化的実践と文化へのアクセス

人生の質のための投資

　SESC（セスキ：商業連盟社会サービス）は各種サービス（スポーツ、文化、医療）へのアクセスの平等化をはかり、市民の生活の質を向上させるために1960年代末につくられた真の意味での文化センターである。資金は企業からの拠出でまかなわれている。2016年、サンパウロ州の36のSESC（うち21がサンパウロ市内）は文化省を上まわる4億6000万ユーロの予算を獲得し、会員160万人、来訪者1750万人を数えた。そのインフラ設備は目をみはらせるものがある。2012年に創立30周年を祝ったSESCポンペイアは、23.5平方キロメートルの広さに5000人の収容能力を誇り、複合スポーツ施設、800席の劇場、7つのアートギャラリーを擁する。

ブラジル映画界のダイナミズム

　大規模配給を誇る北米映画界の影響で、ブラジルの映画産業の景観に変化がもたらされた。小規模映画館が消え、多くの場合ショッピングセンターに併設される大型シネマコンプレックスへの集中が加速した。とはいえ、ブラジル映画産業は伝統的にきわめてダイナミックである。1960年代、シネマ・ノーヴォ［新しい映画］は審美的、表現的断絶の上に、国の社会的現実を描くようになる。グラウベル・ローシャ（1938-1981）はこの運動の旗手であった。軍事政権（1964-1985）の抑圧

混血

文化へのアクセスの構造

映画館の数

劇場の数

州別の上記施設数

700
300
100
30
10

文化センター

音楽祭

文化センターをもっているか音楽祭を開催したことのある都市の州別の比率（2006年）

%
50　40　30　20

出典：Anuário deestatisticas culturais, Funarte, 2009.

500 km

AC：アクレ州　　AL：アラゴアス州　　AM：アマゾナス州　　AP：アマパー州　　BA：バイーア州　　CE：セアラー州
DF：連邦直轄区　　ES：エスピリト・サント州　　GO：ゴイアス州　　MA：マラニョン州　　MG：ミナス・ジェライス州
MS：マット・グロッソ・ド・スル州　　MT：マット・グロッソ州　　PA：パラー州　　PB：パライバ州　　PE：ペルナンブーコ州
PI：ピアウイ州　　PR：パラナ州　　RJ：リオデジャネイロ州　　RN：リオグランデ・ド・ノルテ州　　RO：ロンドニア州
RR：ロライマ州　　RS：リオグランデ・ド・スル州　　SE：セルジッペ州　　SC：サンタ・カタリーナ州　　SP：サンパウロ州
TO：トカンティンス州

も映画製作の息の根を止めることはできなかった。映画は『Udigrudi［アンダーグラウンド］』に代表される知的経験から、大衆の美意識に合わせたpornochancadas［ポルノコメディ］にいたるまで多様化してゆく。1990年、フェルナンド・コロール大統領によるエンブラフィルミ［ブラジル映画公社］解散は、ブラジルの映画産業界を危機におとしいれた。しかし、映画100周年の1995年、国の映画を再興しよう

という機運が国産映画の復活をもたらす。こうした再活性化政策は2001年の国立映画センターの設立に結実した。これ以降、ブラジル映画の真の飛躍が続く。『シティ・オブ・ゴッド』（2002年）、『カランジル』（2003年）、『エリート・スクワッド』（2007年と2010年）など、新たな社会的映画は国際的な評価を得ている。

文化的実践と文化へのアクセス

2003年以降の文化センター

文化センター数の年別推移

文化センターは2003年に「活きた文化」プログラムの一環として創設された。文化省は市民の自発的活動によって地域レベルにまで発展した既存の文化活動をさらに促進させるために、資金援助とともに支援手段を提供する。ひとつの文化センターが受けとることのできる上限額は18万レアル（7万ユーロ）。

出典：Cultura Vica em numeros, 2012 ; Plano Nacional de Cultura, 2017.

混血

ビーチ——国の文化

　ブラジルはビーチの国である。大西洋沿岸の7400キロメートルにおよぶ海岸線（湾と太洋諸島をふくめると9200キロメートル）が世界中から観光客を呼びよせる。お決まりのイメージでかたづけられがちだが、ビーチはブラジル社会を理解するのに絶好の入り口でもある。ブラジルという国のイメージどおり、ビーチはダイナミズムの場所であり、陽気で矛盾に満ちた場所である。混血を肯定する民主的ビーチの神話も、仕切られ、分割された空間の存在を隠すことはできない。偉大な国家的アーティストたちにインスピレーションをあたえたリオデジャネイロのビーチも、このパラドックスを露呈する。

ビーチの発明

　19世紀初頭まで、リオデジャネイロ、サルヴァドール・デ・バイーア、レシフェなどの浜辺は廃棄物や汚物をすてる場所にすぎなかった。散歩する場所でもなく、ただ奴隷や先住民たちが水浴びをしているだけだった。カポエイラやサンバと同じく、エリート階級が興味を示すまでは、ビーチの楽しみは被支配階級のものだったのである。数世紀のあいだ、ビーチは貧しい人たちの場であった。19世紀、医学が海との関係を見なおした。ヨーロッパから伝わった海水浴療法が広まり、特権階級の多くの人びとが心身の病を癒すために海水に浸かるようになった。

　しかし、ビーチが公共の場所と考えられるようになったのは20世紀初頭のことである。リオデジャネイロでは、ペレイラ・パソス市長（1902-1906）が海沿いの空間を活用するために都市計画を利用する。たとえば、サン・クリストヴァンからボタフォゴを結ぶベイラ・マール通りは海岸の湾曲部を結ぶ。コパカバーナとイパネマの両地区は開発整備され、新たな住民は自分たちのビーチを楽しんだ。いきすぎに歯止めをかけるため、市当局は1917年ビーチでの衣服コードと行動規範

言の葉

イパネマの太陽に焼かれた
黄金色の体　腰をゆらして歩く
姿は一篇の詩を超える
ここを通りすぎただれよりも美しい娘

アントニオ・カルロス・ジョビン
ヴィニシウス・チ・モライス
『イパネマの娘』
1962年

古代から現代まで、700件以上の重要な発明と発見、技術革新
発明と技術の百科図鑑

DK社編著／柴田讓治訳

火、石器、車輪、鋤、紙など、文明が発展する上で欠くことのできなかった事項から、現代の社会を形作った飛行機や自動車、電球、テレビ、ロボットなど科学技術のエッセンスを凝縮した、発明と発見のヴィジュアル・ヒストリー。索引付。

A4変型判・5000円（税別） ISBN978-4-562-05674-3

ダイナミックな写真とともに解説した初めての書！
[フォトミュージアム] ユネスコ 世界の無形文化遺産

マッシモ・チェンティーニ／岡本千晶訳

ユネスコの世界無形文化遺産57件について、100点以上の迫力ある写真とともに解説する。民間伝承、声、身振り、踊り、儀式、祭り、芸能、工芸技術など、世界各地の豊穣な伝統的文化を巡る驚きと感動の旅。

A4変型判・5800円（税別） ISBN978-4-562-05694-1

古代の壮大な交易ルート「絹の道」をカラー写真や図版、年表、地図でたどる決定版！
[ヴィジュアル版] シルクロード歴史大百科

ジョーディー・トール／岡本千晶訳

中央アジアを横断する「シルクロード」は、物資・文化・民族などの東西移動の最も重要な幹線だった。本書は美しい大判写真と資料図版、年表、地図によって古代の壮大な交易ルート「絹の道」をたどり、文化と歴史を解説する。

A4変型判・5800円（税別） ISBN978-4-562-05681-1

ビジュアルで見る驚異の技術革新の時代
産業革命歴史図鑑

100の発明と技術革新

サイモン・フォーティー／大山晶訳

産業革命は、未曾有の変化を私たちの世界にもたらした。何もかもが驚異的な150年の間に相次いで起こったのだ。本書では第1次産業革命に寄与した、もっとも重要な発明と技術革新、場所を100選んで、この変革の時代を検証する。

A4変型判・5800円（税別） ISBN978-4-562-05682-8

世界最古のアーサー王物語の世界へ

ウェールズ語原典訳 マビノギオン

森野聡子編・訳
アーサー王物語を含む、ウェールズの神話、伝承がおさめられた古典物語集であるマビノギオンをウェールズ語原典から翻訳。詳細な註解と解説を加え、中世ウェールズの思索と世界観を浮き彫りにする。　**A5判・5000円（税別）** ISBN978-4-562-05690-3

「敗者」から見た歴史……視点が変わると世界の歴史も変わる

敗者が変えた世界史 上・下

上 ハンニバルからクレオパトラ、ジャンヌ・ダルク　下 リー将軍、トロツキーからチェ・ゲバラ
ジャン＝クリストフ・ビュイッソン、エマニュエル・エシュト／上 神田順子、田辺希久子訳　下 清水珠代、村上尚子、濱田英作訳
古代から20世紀までの歴史のなかから、大志を抱きながらも敗れ去った13人を選び、史実を探りつつ、味わい深い筆致でこれら13人の運命を描いた。巧みな語りと、波瀾万丈のドラマが一体となった13章は、権力、歴史、後世の評価についての考察へと読者を誘う。
四六判・各2000円（税別）（上）ISBN978-4-562-05683-5
（下）ISBN978-4-562-05684-2

古代から現代までヨーロッパ史の中の狼の伝承と実像を幅広い視野から描く。

図説 ヨーロッパから見た狼の文化史

古代神話、伝説、図像、寓話
ミシェル・パストゥロー／蔵持不三也訳
ギリシア・ローマ・ゲルマン・北欧・ケルト神話や博物誌、人狼伝承、聖人信仰、エンブレム(紋章)、古典的な造形表現、寓話・童話、民間伝承、俗信、言語表現などに登場する、狼の社会的・象徴的・歴史的意味とその変容を、数多くの貴重な図像とともに読み解く。　**A5変型判・3800円（税別）** ISBN978-4-562-05686-6

真の黒幕は誰か？ 疑惑の事件の背景、世界を動かす力とは？ 情報満載の1冊。

[図説]世界の陰謀・謀略論百科

デヴィッド・サウスウェル、グレイム・ドナルド／内田智穂子訳
著名な陰謀、謀略論90件を取り上げ、論争を巻き起こしている機密事項の証拠やおもな嫌疑者を検証。念入りに調査し、新たに露見したことだけでなく、トランプ大統領とロシアの関係など最新の隠蔽工作についても詳説している。　**A5判・4500円（税別）**
ISBN978-4-562-05676-7

カラフルな地図・表・グラフを豊富に用いて世界の「今」を解説

第Ⅲ期 全5巻 刊行開始！
地図で見る ブラジルハンドブック

オリヴィエ・ダベーヌ／フレデリック・ルオー／中原毅志訳

発展と機能不全、ブラジルは未来への約束を果たすことができるだろうか？ リオ・デ・ジャネイロの海岸から辺境のアマゾンまで、矛盾に満ちた国のダイナミズムと豊かさ、あらゆるものに再構成が必要な状況を、120以上の地図とグラフで熱狂にあふれた国の懸念と実情を描く。　**A5判・2800円（税別）**
ISBN978-4-562-05695-8

続巻

地図で見る **ドイツハンドブック**
A5判・2800円（税別）ISBN978-4-562-05696-5

地図で見る **イスラエルハンドブック**
A5判・2800円（税別）ISBN978-4-562-05697-2

地図で見る **中東ハンドブック**
A5判・2800円（税別）ISBN978-4-562-05698-9

地図で見る **イタリアハンドブック**
A5判・2800円（税別）ISBN978-4-562-05699-6

料理とワインの良書を選ぶアンドレ・シモン賞特別賞受賞シリーズ

「食」の図書館

第Ⅵ期（全8巻）刊行開始！ 図版多数、レシピ付！

シャンパンの歴史
シリーズ最新刊！

ベッキー・スー・エプスタイン／芝瑞紀訳

人生の節目に欠かせない酒、シャンパン。その起源や造り方から、産業としての成長、戦争の影響、呼称問題、泡の秘密、ロゼや辛口人気と気候変動の関係まで、シャンパンとスパークリングワインの歴史をたどる。カクテル集付。
ISBN978-4-562-05656-9

ダンプリングの歴史

バーバラ・ギャラニ／池本尚美訳

ワンタン、ラヴィオリ、餃子、団子…小麦粉などを練ってつくるダンプリングは、日常食であり祝祭の料理でもある。形、具の有無ほか、バラエティ豊かなダンプリングにたっぷりつまった世界の食の歴史を探求する。レシピ付。
ISBN978-4-562-05655-2

好評既刊！ キャベツと白菜の歴史　　コーヒーの歴史
　　　　　　テキーラの歴史　　　　　ラム肉の歴史

以後続刊！ トマトの歴史 ──── ＊10月刊　食用花の歴史 ──── ＊11月刊

四六判・各192頁・各2200円（税別）

この歴史から何を学ぶべきか？ 圧倒的な情報量！ 必読の書！

オリンピック全史

デイビッド・ゴールドブラット／志村昌子、二木夢子訳
近代オリンピックはいかに誕生し、発展し、変貌してきたのか。多難なスタートから二度の大戦／冷戦を経て超巨大イベントになるまで、政治・利権・メディア等との負の関係、東京大会の課題まで、すべて詳述した決定版！
A5判・4500円（税別） ISBN978-4-562-05603-3

暮らしの中で生まれ、伝えられてきた各地の星の方言900種あまりを収録。索引項目数約1200。

日本の星名事典

北尾浩一
かつて人びとは、星を空や山、海などの自然景観と重ねあわせて時を知った。それらは仕事や暮らしと密接に結びついていた。漁のため、農作業のため、季節により変わる星を眺め、名付けた。本書は日本各地に伝わる星の呼び名を調査し、約900種を収録した。 **A5判・3800円（税別）** ISBN978-4-562-05569-2

黒船、大八車、東京馬車鉄道、あじあ号、ゼロ戦、D51、スーパーカブ、ミゼット、新幹線……

日本を動かした50の乗り物

幕末から昭和まで
若林 宣
幕末から昭和にかけて、日本の歴史的瞬間に立ち会った50の乗り物の数々を、技術的側面とともに歴史とのかかわりまで解説。車、鉄道、船舶、航空とさまざまなジャンルの乗り物のスペック、歴史的背景がわかる。すべて図版付。 **A5判・2200円（税別）** ISBN978-4-562-05608-8

廃墟がそこにあるのは、平和が続いた証でもあるといえよう。

[フォトミュージアム]世界の戦争廃墟図鑑

平和のための歴史遺産
マイケル・ケリガン／岡本千晶訳
世界が滅びたら、こんな眺めになるのだろうか。第二次世界大戦時の要塞や基地、放棄された軍事施設、遺構を150点あまりの写真で紹介。欧米諸国から極東・太平洋地域まで、戦争の痕跡を大判写真と簡潔な解説でたどる。 **A4変型判・5000円（税別）** ISBN978-4-562-05602-6

人類の激動の歴史が新たに蘇える！

彩色写真で見る世界の歴史

ダン・ジョーンズ、マリナ・アマラル／堤理華訳
世界が劇的に変化した1850年から1960年の白黒写真200点をカラーに。鉄道、高層ビル、電話、飛行機などの発明品から、二度の世界大戦、内戦、紛争にいたるまで、人類の歩みの新しい見方を示す画期的な書。
B5変型判・4500円（税別） ISBN978-4-562-05648-4

文献と著者による再現で迫る、ヴィクトリア朝英国の素顔

ヴィクトリア朝英国人の日常生活 上 下

貴族から労働者階級まで　**重版出来！**

ルース・グッドマン／小林由果訳
貴族もメイドも、子供も大人も、目覚めから就寝までどのように暮らしていたのか。文献、広告、日記など膨大な資料を読み込み、当時の品物を実際に使用して描くほんとうのヴィクトリア朝英国の暮らしかた。
四六判・各2000円（税別）（上）ISBN978-4-562-05424-4
　　　　　　　　　　　　（下）ISBN978-4-562-05425-1

どんな国だったのか。なぜなくなったのか。今はなき国の歴史の真相。

世界から消えた50の国 1840-1975年

ビョルン・ベルゲ／角敦子訳　**重版出来！**
数年から数十年といった短い期間のみ実在し、そして消えた50の国を紹介した書籍。植民地主義、帝国主義、国家主義、移住ブーム、反乱、戦争が入り乱れていた時代を背景に、歴史の片隅に実在した国の知られざる運命を記す。
四六判・2800円（税別） ISBN978-4-562-05584-5

人類は時の刻みをどうやって計測し、表現しようとしてきたのか？

時間と時計の歴史

日時計から原子時計へ

ジェームズ・ジェスパーセン、ジェーン・フィツー＝ランドルフ／髙田誠二、盛永篤郎訳
時間の正確な測定法（時計開発）の歴史的発展の経路をたどり、時間、時間管理、時間情報の活用法を、高校生から一般読者までを対象として、極力数式を用いずにイラストや図を使ってわかりやすく説明した、時間と時計の発展史。
A5判・2800円（税別） ISBN978-4-562-05605-7

世界史を彩る両雄たちの物語!

世界史を作ったライバルたち 上・下

アレクシス・ブレゼ／ヴァンサン・トレモレ・ド・ヴィレール／清水珠代・神田順子・大久保美春・田辺希久子・村上尚子共訳
アレクサンドロス大王 vs ダレイオス1世からゴルバチョフ VS エリツィンまでの20組をとりあげ、世界史の重要なターニングポイントを形成した偉大な人物たちに焦点をあてて、専門分野の執筆者によってそれぞれの時代の迫真のドラマを浮き彫りにする。
四六判・各 2000 円（税別）(上) ISBN978-4-562-05644-6
(下) ISBN978-4-562-05645-3

「ユダヤ商人」と「お金」で世界史を読み解く

ユダヤ商人と貨幣・金融の世界史

宮崎正勝
亡国の民となったユダヤ人が「ネットワークの民」として貨幣を操り、マイノリティながら世界の金融を動かしてこれたのはなぜか。ユダヤ商人、宮廷ユダヤ人のグローバルな活動に着目、経済の歴史の大きな流れが一気にわかる！　**四六判・2500 円（税別）** ISBN978-4-562-05646-0

帝国絶頂期の社会と文化の諸相を 180 点以上の図版とコラムとともに解説

[図説]ヴィクトリア朝時代
一九世紀のロンドン・世相・暮らし・人々

ジョン・D・ライト／角敦子訳
ヴィクトリア朝ロンドンの社会と世相を中心に、関連する 19 世紀欧米の社会現象まで多岐にわたり細部まで探求する。貧困、犯罪、戦争、事件、疫病、飢饉、搾取、見世物小屋、アヘン窟、売春、児童労働ほか帝国絶頂期の闇に迫る。　**A 5判・2800 円（税別）** ISBN978-4-562-05619-4

伝統と多様性、微生物がつくる芳醇な世界

発酵食の歴史

マリー＝クレール・フレデリック／吉田春美訳
先史時代から現代まで、歴史、考古学、科学の側面から世界各地の発酵食品を考察する。最新の考古学上の発見や、世界の伝説や伝承話を交えながら、発酵の世界の奥深さと豊かさを多角的に論じる。　**A 5判・3500 円（税別）** ISBN978-4-562-05633-0

気候温暖化とその現状を明らかにし、緊急の対処を提言！
地図とデータで見る 気象の世界ハンドブック

フランソワ＝マリー・ブレオン、ジル・ルノー／鳥取絹子訳
進行中の気候変動の現状に照らしあわせ、地球を守るために実施されている率先的な行動と、これから挑戦すべき問題についてまとめたもの。120点以上の地図とグラフにより、気候の複雑さが理解でき、気候温暖化がつきつける問題と、その対処法が把握できる。　**A5判・2800円（税別）** ISBN978-4-562-05685-9

世界的な問題となっている「移民」問題を多角的に分析！
地図とデータで見る 移民の世界ハンドブック

カトリーヌ・ヴィトール・ド・ヴァンダン／太田佐絵子訳
移民問題は、21世紀における最も大きな課題のひとつである。地球上の人口のわずか3.5パーセントにかかわる現象にすぎないにもかかわらず、世界的な問題となっている。100以上におよぶ地図とグラフとともに、さまざまな社会通念に疑問を投げかける。
A5判・2800円（税別） ISBN978-4-562-05666-8

真の黒幕は誰か？ 疑惑の事件の背景、世界を動かす力とは？ 情報満載の1冊。
［図説］世界の陰謀・謀略論百科

デヴィッド・サウスウェル、グレイム・ドナルド／内田智穂子訳
著名な陰謀、謀略論90件を取り上げ、論争を巻き起こしている機密事項の証拠やおもな嫌疑者を考察。念入りに調査し、新たに露見したことだけでなく、トランプ大統領とロシアの関係など最新の隠蔽工作についても詳説している。　**A5判・4500円（税別）**
ISBN978-4-562-05676-7

「古代ローマ宗教」のすべてがわかる決定版！
古代ローマ宗教文化事典

レスリー・アドキンズ、ロイ・アドキンズ／前田耕作監訳
古代ローマの祭儀、いけにえ、神殿、葬送儀礼、神々、精霊など1400におよぶ項目を網羅した画期的事典。古代ローマの宗教であるミトラ教、ドルイド教、ユダヤ教、キリスト教も視野に納めた決定版。用語解説、参考文献、索引も完備。**A5判・12000円（税別）**
ISBN978-4-562-05604-0

原書房

〒160-0022 東京都新宿区新宿 1-25-13
TEL 03-3354-0685 FAX 03-3354-0736
振替 00150-6-151594　表示価格は税別

人文・社会書

www.harashobo.co.jp

当社最新情報は、ホームページからもご覧いただけます。
新刊案内をはじめ、話題の既刊、近刊情報など盛りだくさん。
ご購入もできます。ぜひ、お立ち寄りください。
2019.9

「敗者」から見た歴史……視点が変わると世界の歴史も変わる

敗者が変えた世界史 上・下

上 ハンニバルからクレオパトラ、ジャンヌ・ダルク　下 リー将軍、トロツキーからチェ・ゲバラ
ジャン=クリストフ・ビュイッソン、エマニュエル・エシュト／
上 神田順子、田辺希久子訳　下 清水珠代、村上尚子、濱田英作訳
古代から20世紀までの歴史のなかから、大志を抱きながらも敗れ
去った13人を選び、史実を探りつつ、味わい深い筆致でこれら13
人の運命を描いた。巧みな語りと、波瀾万丈のドラマが一体となっ
た13章は、権力、歴史、後世の評価についての考察へと読者を誘う。

四六判・各 2000 円（税別）(上) ISBN978-4-562-05683-5
(下) ISBN978-4-562-05684-2

古代の壮大な交易ルート「絹の道」を迫力のカラー写真や図版、年表、地図でたどる決定版！

[ヴィジュアル版] シルクロード歴史大百科

ジョーディー・トール／岡本千晶訳
中央アジアを横断する「シルクロード」は、物資・
文化・民族などの東西移動の最も重要な幹線だっ
た。本書は美しい大判写真と資料図版、年表、地
図によって古代の壮大な交易ルート「絹の道」をた
どり、文化と歴史をガイドする。

A4変型判・5800 円（税別）ISBN978-4-562-05681-1

ビジュアルで見る驚異の技術革新の時代

産業革命歴史図鑑

100 の発明と技術革新
サイモン・フォーティー／大山晶訳
産業革命は、未曾有の変化を私たちの世界にもたらした。
何もかもが驚異的な150 年の間に相次いで起こったのだ。
本書では第1次産業革命に寄与した、もっとも重要な発
明と技術革新、場所を100 選んで、この変革の時代を検
証する。　A4変型判・5800 円（税別）ISBN978-4-562-05682-8

5695

地図で見る ブラジルハンドブック

愛読者カード オリヴィエ・ダベーヌ／フレデリック・ルオー 著

＊より良い出版の参考のために、以下のアンケートにご協力をお願いします。＊但し、今後あなたの個人情報（住所・氏名・電話・メールなど）を使って、原書房のご案内などを送って欲しくないという方は、右の□に×印を付けてください。　　　□

フリガナ
お名前　　　　　　　　　　　　　　　　　　　　　　　　男・女（　　歳）

ご住所　〒　　　　－

市　　　　　　町
郡　　　　　　村
　　　　　　　TEL　　　　（　　　）
　　　　　　　e-mail　　　　　　　＠

ご職業　1会社員　2自営業　3公務員　4教育関係
　　　　5学生　6主婦　7その他（　　　　　　　　）

お買い求めのポイント
　　　　1テーマに興味があった　2内容がおもしろそうだった
　　　　3タイトル　4表紙デザイン　5著者　6帯の文句
　　　　7広告を見て（新聞名・雑誌名　　　　　　　　　）
　　　　8書評を読んで（新聞名・雑誌名　　　　　　　）
　　　　9その他（　　　　　　　　）

お好きな本のジャンル
　　　　1ミステリー・エンターテインメント
　　　　2その他の小説・エッセイ　3ノンフィクション
　　　　4人文・歴史　その他（5天声人語　6軍事　7　　　　　）

ご購読新聞雑誌

本書への感想、また読んでみたい作家、テーマなどございましたらお聞かせください。

郵便はがき

料金受取人払郵便

新宿局承認

1993

差出有効期限
2021年9月
30日まで

切手をはらずにお出し下さい

343

（受取人）
東京都新宿区
新宿一-二五-一三

原書房 読者係 行

1 6 0 8 7 9 1 3 4 3　　　　7

図書注文書 (当社刊行物のご注文にご利用下さい)

書　　　　名	本体価格	申込数
		部
		部
		部

お名前　　　　　　　　　　　　　　注文日　年　月　日
ご連絡先電話番号　□自　宅　（　　　　）
（必ずご記入ください）　□勤務先　（　　　　）

ご指定書店（地区　　　　）　(お買つけの書店名をご記入下さい)　帳合
書店名　　　　　書店（　　　　店）

中世北欧の文学と文明研究の第一人者による北欧・ゲルマンの想像力を「読む事典」。

北欧とゲルマンの神話事典

伝承・民話・魔術
クロード・ルクトゥ／篠田知和基訳

フレイヤ、オーディン、スカディ、ブリュンヒュルド、フェンリル……。ゲルマンとスカンジナビアの神話は、数々の芸術に影響を与えてきた。ドイツからアイスランドまでの地域の神々、妖精、小人、巨人の伝承を詳細に解説した事典。項目数 909、図版 100 点。　**A 5 判・3800 円（税別）** ISBN978-4-562-05691-0

「この世の不思議」をあまねく収集した無二の事典！

図説 世界の神話伝説怪物百科

テリー・ブレヴァートン／日暮雅通訳

世界中に残り伝わる怪物伝説、奇人の伝承から不可解な出来事や奇妙な遺物、幽霊や魔物の目撃譚など、あまねく収集した百科事典。人類 3000 年の「闇の想像力」を分野別に集大成。約 500 項目、コラム多数、詳細索引付。
A 5 判・4500 円（税別） ISBN978-4-562-05688-0

カラフルな地図・表・グラフを豊富に用いて世界の「今」を解説

第III期　全4巻　刊行開始！

地図で見る ブラジルハンドブック

オリヴィエ・ダベーヌ／フレデリック・ルオー／中原毅志訳

発展と機能不全、ブラジルは未来への約束を果たすことができるだろうか？ リオ・デ・ジャネイロの海岸から辺境のアマゾンまで、矛盾に満ちた国のダイナミズムと豊かさ、あらゆるものに再構成が必要な状況を、120 以上の地図とグラフで熱狂にあふれた国の懸念と実情を描く。
A 5 判・2800 円（税別）
ISBN978-4-562-05695-8

続巻	地図で見る **ドイツハンドブック**	**2020年1月刊**
	A 5 判・2800 円（税別）ISBN978-4-562-05696-5	
	地図で見る **中東ハンドブック**	**2020年2月刊**
	A 5 判・2800 円（税別）ISBN978-4-562-05698-9	
	地図で見る **イタリアハンドブック**	**2020年3月刊**
	A 5 判・2800 円（税別）ISBN978-4-562-05699-6	

朝日新聞国際発信部による英訳を掲載！

英文対照 天声人語 2019 秋 [Vol.198]

朝日新聞論説委員室編／国際発信部訳

2019年7月〜9月分収載。軍事境界線のごあいさつ／ジャニー喜多川さん逝く／かんぽの悪質セールス／アニメスタジオの火災／表現の不自由展／ヒロシマを残す／水難、各地で相次ぐ／香港デモの所作／カジノと依存症／東電旧経営陣に無罪／土曜日の大金星　ほか

Ａ５判・1800円（税別）ISBN978-4-562-05663-7

ほのぼの美味しいミステリはいかが？ コージーブックス

おいしくて目にも美しいデザート。けれど、いつもと少し味が違う……？

大統領の料理人⑧

ほろ苦デザートの大騒動

ジュリー・ハイジー／赤尾秀子訳

ホワイトハウスの厨房を視察するため外国からシェフたちがやってきた。デザート担当のシェフが作る甘く美しい飴細工や絶品のホットチョコレートを誰もが感嘆のため息をもらしながら味見をしていると、突然シェフが倒れてしまい!?

ISBN978-4-562-06100-6　**文庫判・920円**（税別）

料理とワインの良書を選ぶアンドレ・シモン賞特別賞受賞シリーズ

「食」の図書館

第Ⅵ期（全8巻）完結！ 図版多数、レシピ付！

食用花の歴史

シリーズ最新刊！

コンスタンス・L・カーカー、メアリー・ニューマン／佐々木紀子訳

近年注目される食用花（エディブルフラワー）。人類はいかに花を愛しつつ食べてきたのか、その意外に豊かな歴史を追う。分子ガストロノミーや地産地消運動などの最新事情、菊、桜などを使う日本の食文化にも言及。レシピ付。

ISBN978-4-562-05658-3

トマトの歴史

クラリッサ・ハイマン／道本美穂訳

南米原産のトマトの歴史は実は短い。ヨーロッパに伝わった当初は「毒がある」とされたトマトはいかに世界に広まったか。イタリアの食文化、「野菜か果物か」裁判、伝統の品種と最新の品種…知られざるトマトの歴史。レシピ付。

ISBN978-4-562-05657-6

好評既刊！
- キャベツと白菜の歴史
- テキーラの歴史
- ダンプリングの歴史
- コーヒーの歴史
- ラム肉の歴史
- シャンパンの歴史

四六判・各192頁・各2200円（税別）

「世界はアジア化する」──世界が注目する気鋭の国際政治学者によるベストセラー上陸!

アジアの世紀 接続性の未来 上・下

パラグ・カンナ　尼丁千津子訳

世界の「接続性」はアジアに帰結する。アジア全体の「成長と発信」は、生産力、資源、マンパワーのみならず、文化や習慣にいたるまで、世界中の注目を集めている。気鋭の国際政治学者がアジアと日本の潜在能力と行く末を、膨大なデータからひもといたベストセラー!
ISBN978-4-562-05706-1（上）ISBN978-4-562-05707-8（下）
四六判・各 2400 円（税別）

好評既刊 接続性の地政学 グローバリズムの先にある世界 上・下

「誰も疑わなかった世界地図を時代遅れと呼ぶカンナの提案こそ、急激に都市化する世界に対処する最上の策かもしれない」『ワシントン・ポスト』
四六判・各 2400 円（税別）
ISBN978-4-562-05372-8（上）ISBN978-4-562-05373-5（下）

オバマ元大統領が称賛、朝日新聞（9/19）に記事掲載の政治学者の批判と検証。

リベラリズムはなぜ失敗したのか

パトリック・J・デニーン／角敦子訳

多くの民主主義国家で不平等が拡大し、強権政治が台頭し、リベラリズムが機能不全となっている。注目の政治学者が政治、経済、教育、テクノロジーといった様々な分野で見られる問題を検証し、失敗の原因と是正をさぐる。

四六判・2400 円（税別）ISBN978-4-562-05710-8

「軍・産・科学」同盟に宇宙物理学の権威が警鐘を鳴らす!

宇宙の地政学 上・下

科学者・軍事・武器ビジネス

ニール・ドグラース・タイソン／北川蒼、國方賢訳

宇宙をめぐる、切っても切れない軍と科学者の「奇妙な同盟」を、科学技術の発展史、そして現代の巨大軍需産業と国際政治との関連にいたるまで、世界的宇宙物理学者にしてベストセラー作家が皮肉や自戒を込めて描きあげたベストセラー!

四六判・各 2400 円（税別）（上）ISBN978-4-562-05700-9
（下）ISBN978-4-562-05701-6

原書房

〒160-0022 東京都新宿区新宿1-25-13
TEL 03-3354-0685 FAX 03-3354-0736
振替 00150-6-151594

新刊・近刊・重版案内

2019年11月　表示価格は税別です。

www.harashobo.co.jp

当社最新情報はホームページからもご覧いただけます。
新刊案内をはじめ書評紹介、近刊情報など盛りだくさん。
ご購入もできます。ぜひ、お立ち寄り下さい。

世界の創造、愛と裏切り、過酷で荘厳な神々の戦い、
ファンタジックで豊穣な北欧神話の世界を
200点あまりの美しいフルカラー図版とともに

図説 北欧神話大全

トム・バーケット／井上廣美訳

トールキンからニール・ゲイマン、そして『ゲーム・オブ・スローンズ』など、数々の名作の宝庫たる北欧神話。そのファンタジックで豊穣な世界を、美しいカラー図版とともにあますところなく「再現」。見ても読んでも楽しい必携本登場！ 詳細索引付。
A5判・4800円（税別）
ISBN978-4-562-05708-5

物語 北欧神話 上・下

ニール・ゲイマン／金原瑞人・野沢佳織訳
霧と炎が支配する世界に巨人と神々が生まれた。彼らは定められた滅びへと突き進んでゆく——断片的な詩や散文からなる複雑な北欧神話を現代ファンタジーの巨匠が再話。
四六判・各1600円（税別）
ISBN978-4-562-05626-2（上）　ISBN978-4-562-05627-9（下）

ビーチ——国の文化

ビーチ、インスピレーションの源泉

リオデジャネイロのビーチから生まれた歌は10数曲にのぼる。もっとも有名な曲はヴィニシウス・デ・モライスとトム・ジョビンによる『イパネマの娘』（1962年）であろう。トム・ジョビンはすでにレブロン・ビーチで出会う恋人の歌『浜辺のテレーザ』（1954年）を作っていた。心配症のカエターノ・ヴェローゾは、彼の『エストランジェイロ［異邦人］』（1989年）のなかでもっとも美しいカリオカ・ビーチがあるグアナバラ湾と自分との関係について自問する。「人類学者クロード・レヴィ＝ストロースはグアナバラ湾を嫌悪した。歯の抜けた口に似ていると彼は思ったんだ。で、ぼくは、これほど知らなかったら、これ以上に愛しえただろうか？　どれほど見たいことか、ぼくは盲目」

出典：F. Pacheco da Silva Huguenin, « As praias de Ipanema : liminaridade e proxemia à beira-mar » (thèse), Universidade de Brasília, 2011.

＊マコニーロ：マリファナを吸う若者

（「節度ある」身なり、「嬌声」の禁止など）を定めた。一方、エピタシオ・ペソア大統領（1919-1923）の要請に応じて、コパカバーナ・パレスホテルが建設され、南部地区が海水浴場として注目される。植民地時代の面影を残す街の中心部が過去に埋もれているとすれば、南部の海岸地帯はにわかに近代性をおび、ビーチがそのシンボルとなる。カリオカ［リオデジャネイロの住民］は競ってコパカバーナに集まるようになる。そこで散歩をし、泳ぎ、スポーツをすることが上流階級のステータスになったのである。

ビーチ、民主主義の幻想

ブラジルのビーチは、しばしば異なる社会階級や多様な人種の人たちがめぐりあう混血の場所として紹介される。開放的で平等、そして民主的なビーチの神話を支える根拠はふたつある。ビーチへのアクセスが無料であることと、海水浴客たちのヌードだ。無料のアクセスは何度でも立ち入ることを可能にし、ヌードは支配階級のしるしを剥ぎとる。裸になれば、富む者も貧しい者も平等というわけだ。めぐりあいと混ざりあいの空間として、ビーチはブラジリダディ［ブラジルのアイデンティティ］の一定の価値観の発信の場となったのである。その意味で、ビーチは国家的統合の1要素となった。2002年

から2005年にかけてテレビ・グローボで放映されたシリーズドラマ『シティ・オブ・メン』（Cidade dos homens）で、監督のカティア・ルンドとフェルナンド・メイレレスはラランジーニャとアセロラという2人の少年の日常を描いた。彼らが住むのは南部地区のビーチを見下ろすファベーラ［スラム街］だ。彼らは何度かコパカバーナのビーチで目撃される。2人はそこで裕福な家庭の娘たちと出会う。しかし、ビーチへの出入りが自由であっても、社会的交雑がうながされることにはならないことがわかる。

理想主義的な建前の裏で、ビーチはむしろ社会的対立を生みだそうとしている。たしかに富裕層と貧困層とは隣あわせている。だが両者のあいだの交流はほとんどない。「ビーチのなかのビーチ」があるのだ。海辺の空間は分割され、そこでくり広げられる活動のテリトリーもそれぞれの共同体の論理に従う。たとえば、イパネマやレブロンのビーチでは、同性愛者は8番と9番の監視所のあいだにたむろし、サーファーの集団は7番をとり囲む。裕福な家庭は10番と12番を中心に集まり、もっと上流の階級のほとんどは、リオ南端の入り江にあるサコ・デ・ママンガ（パラチー）のようなセミプライベートビーチに閉じこもる。この熱帯のフィヨルドは2キロメートルほどの幅のなかに33のビーチとふたつの島、

12の淡水川を擁し、船かヘリコプターでなければ近づくことができない。

ビーチの経済

ビーチはなにもせずにくつろぐ場所となった。週末には、リオデジャネイロの海岸は200万人にのぼる人であふれ返る。各種のスポーツ（サッカー、バレーボール、サーフィン、ボディービル）がおこなわれ、日に焼け、彫像のように鍛えられ、タトゥーをほどこしあるいは手術跡のある肌を露出する。その一方で、ブラジルのビーチは消費の場である。リオデジャネイロ州における2010年のビーチでの消費は、ホテルとレストランの売上げもふくめると270億ユーロにのぼった。海水浴経済は直接間接をふくめ、20万人以上の雇用——物売り、売店の経営者、運送業者、ホテル従業員など——を提供している。サッカーの2014年ワールドカップと2016年オリンピックの開催は、この財とサービスの経済をさらに膨張させた。物売りのほとんどはインフォーマル経済の世界にある。このきわめて競争の激しい市場で、居場所を確保するために組合をつくる者たちもいる。他方、行政側はカリオカ・ビーチの経済を整備し、より管理しやすくしようと努力する。2010年には、フラメンゴからレクレイオ・ドス・バンデイランテスにかけてのビーチにある1200か所の販売施設からリオデジャネイロ市が得た税収入は80万ユーロにのぼった。

混血

スポーツというカルト

ブラジルでは、スポーツはレジャーでも観戦競技でもなくカルトである。社会のなかにどっぷり溶けこんでいるとはいえ、スポーツは神聖の領域なのだ。選手のなかにはアイコンになった者もいる。サッカーのペレ、あるいは1994年の突然の死が国家的衝撃をあたえたF1レーシング・ドライバー、アイルトン・セナ。スポーツはまた集合と同義語でもある。お祭り騒ぎ、理不尽な衝動、そして暴力への脱線。スポーツは国家的アイデンティティの構築に役立つが、それは強烈な領土意識的アイデンティティでもある。社会における特権的な役割を意識して、一部の選手はメディアへの露出を利用し政治舞台への足がかりにする者もいる。

スポーツの実践

ブラジルでは、日常的にスポーツをおこなう人は1100万人、ときおりおこなう人は7400万人を数える。

ブラジルの国民的スポーツはサッカーだ。競技人口はいまや2300万人（うち700万人が日常的実践者）に達する。3250万人のサポーターを擁するクラブ、フラメンゴ（リオ）は世界でもっとも人気のあるチームだ。サッカーはブラジルの文化史のなかでも特別な位置づけがなされている。サンバやカポエイラとは逆に、サッカーはまずエリート層を魅了し、ついで大衆のなかに浸透していった。1894年、イギリス留学を終えたチャールズ・ミラーがもち帰ったサッカーはまず貴族階級の競技となり、奴隷には禁止されていた。それが民主化されたのは1930年代の

ことである。やがてこのスポーツは混血のブラジルのシンボルとなり、国家のアイデンティティ生成に重要な役割をはたすことになる。ブラジルは「サンバサッカー」とよばれるリズミカルで美しく効果的なプレイを編みだしていく。ブラジルサッカーの主要なアイコンはペレである。ワールドカップ3回制覇（1958年、1962年、1970年）をはたしたペレは、永遠の最高選手の

言の葉

日曜日の午後
ブラジルは空っぽ、だろ？
このサンバを聞いてみな
ここはサッカーの国
ミルトン・ナシメント＆フェルナンド・ブラント
『ここはサッカーの国』2006年

スポーツというカルト

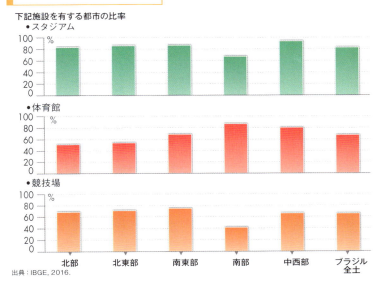

スポーツ施設を有する都市
下記施設を有する都市の比率
出典：IBGE, 2016.

1人と考えられている。1995年、「サッカーの王様」ペレはブラジルで初の黒人大臣になる（スポーツ担当相、1995-1998）。

サッカー以外でもっとも人気のある競技はバレーボール（1530万人の競技人口のうち8万5125人はハイレベルプレーヤー）と水泳（1100万人の競技人口のうち6万3000人はハイレベルスイマー）である。そのほかブラジルには240万人のサーファー、270万人のスケーターがいる。ブラジル人はときに「食人」的な方法でスポーツを楽しむ。彼らはさまざまな影響をとりこみ、オリジナルな競技種目を生みだす。伝統的柔術と柔道の技術を組みあわせて作りあげた「ブラジル柔術」は、スポーツのシンクレティズムの好例であろう。バーリトゥード（なんでもありの意）が発達したのは、まさしくブラジル柔術がほかの格闘技よりすぐれていることを示すためだった。バーリトゥードはしかし、よりルールが整備された枠組みの総合格闘技（MMA）へと進化し、ブラジルはここでも優勢を誇っている。

才能の輸出

ブラジルは世界中のサッカークラブのための選手養成所の観を呈している。2003年から2009年のあいだに、ブラジルは6648人の選手を海外に供給した。うち、3593人はヨーロッパ向け、

混血

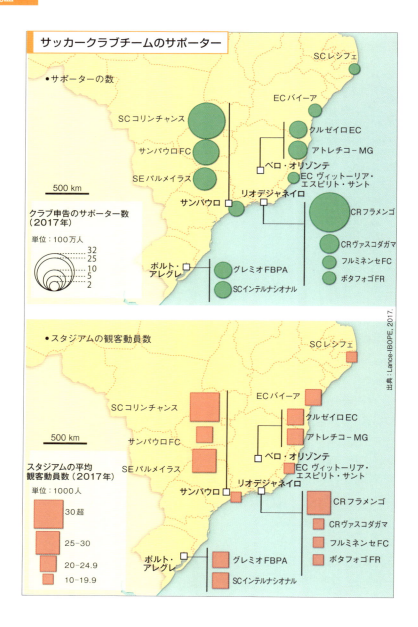

1528人はアジア、694人はその他のラテンアメリカの国向けである。ヨーロッパ大陸に関しては、ブラジルは最大のサッカー選手供給国である。2011年、プロのブラジル人サッカー選手528人が外国のチャンピオンシップで

活躍していた。選手供給に関しては、ブラジルはフランス（ほかのヨーロッパ諸国で活躍する選手247人）、セルビア（同228人）を抜いている。2011年だけでも、123人の選手をヨーロッパに送りだし、フランス（107人）とドイツ（106人）を抑えてトップの座にある。ヨーロッパのクラブチームの名声もさることながら、報酬面での待遇がこの大量流出の背景を説明してくれる。ブラジルでは、プロ選手の84％が月収400ユーロに甘んじ、3500ユーロ以上を稼ぐのはわずか3％にすぎない。にもかかわらず、選手としてのキャリアを終えるためにブラジルにもどってくる選手は増えている。2012年1月から6月のあいだのブラジル人サッカー選手の出入国は黒字にさえなっている。230人の選手が出ていったのに対し、478人の選手がもどってきたのである。一方、ブラジルのチャンピオンシップで活躍する外国人選手も増えつつある。基本的には、アルゼンチンとコロンビアをはじめとするラテンアメリカのほかの国の選手たちである。

政治参加のスポーツ人たち

1980年代初頭、選手や指導者たちの政治的参加が注目されたクラブチームがあった。コリンチャンス・デ・サンパウロである。民主制への移行の過渡期にあって、このチームは「コリンチャンス・デモクラシー」とよばれる自由と責任を柱にした自主管理モデルを試行錯誤していた。選手たちは試合中も政治的メッセージを表明した。1982年、彼らはユニフォームに「デモクラシー」の言葉や「（1982年11月）15日には投票を」のよびかけを表示した。1983年のサンパウロ州のタイトルマッチ決勝戦で、彼らは「勝っても負けても、つねにデモクラシー」の横断幕を掲げた。チームを指揮していたのはソクラテス（1954-

混血

2011）、サンパウロ大学医学部卒業の若者だった。1982年と1986年のワールドカップでナショナル・チームのキャプテンをつとめた彼の影響力は、コリンチャンスの周辺にとどまらなかった。1985年、彼は大統領選挙における直接普通選挙を求める大衆運動（ジレータス・ジャー）に参加する。彼はそこでコリンチャンスの熱狂的なサポーターであった未来の大統領ルーラと行動をともにする。彼の弟ライーもまたアウリヴェルジ［ブラジル国旗］チームに参加、1994年ワールドカップで優勝をはたした。ライーのほうは社会活動によって知られている。友人であるレオナルド［同年ブラジル代表優勝メンバー］とともに貧困家庭の子ど

もたちに教育の機会をあたえるためのゴウ・ジ・レトラ協会を設立した。ソクラテスもライーも決して選挙戦に立候補しようとはしなかったが、ほかのアスリートのなかには選挙に挑戦する者も現われた。もっとも有名な例は1994年サッカーワールドカップ世界チャンピオンのロマーリオとベベットであろう。2010年、前者は連邦議会議員に、後者はリオデジャネイロ州議員にそれぞれ選ばれた。ロマーリオは2014年ワールドカップの運営にきわめて批判的で、いくつかの逸脱行為を告発したのち、同年の選挙で上院議員に選出される。同じ年に、柔道の元世界チャンピオン、ジョアン・デルリは連邦議会議員に当選した。

宗教

宗教

　ブラジルは信仰の国である。ラテンアメリカでは群をぬいたカトリック大国だが、宗教的多元主義の国でもある。宗教的実践はきわめて自由で、ここでもまたいちじるしいシンクレティズムが認められる。
　1950年以降、福音教会の伸長によってカトリック教会が保持してきた主導権はゆっくりとだが徐々にむしばまれている。
　宗教市場における均衡の変化により、カトリック教会はこの競争に立ち向かうための適応と近代化を強いられている。一方で、議会における福音派系議員の増加は、ブラジルの政治における宗教色に関する議論をかきたてている。

宗教のシンクレティズム

　国民のいくつかの支持層と多様な文化的影響のもとで、ブラジルは信仰のシンクレティズムを土台に成立した。まず、先住民に最初のショックをもたらしたのは、植民地化によって押しつけられたカトリックだった。16世紀から17世紀にかけて、イエズス会布教団がこのキリスト教化に貢献した。しかし、先住民やそのあとに続く奴隷たちの教化は表面的なものにとどまった。カトリックの教義の実践はほかの儀式や信仰の上に積み重なったにすぎず、それらを完全に消しさったわけではなかった。オスヴァルド・デ・アンドラーデはその『食人宣言』（1928）のなかで、ブラジルにおけるカトリシズムを次のように解体してみせる。「われわれは決してカトリックに教化

されなかった。われわれはカーニバルをおこなった。先住民は帝国議会議員に仮装して」。ブラジルのシンクレティズムは、アフリカ系奴隷がもちこんだ信仰（ウンバンダ、マクンバなど）にも影響された。16世紀から広まったカンドンブレは、カトリシズムと一部のアフリカ系儀式とがからみあった結果である。ついで、宗教的多元主義はスピリティズム［交霊術］のような

言の葉

「ぼくはヴィニシウス・ヂ・モライス　詩人で外交官、ブラジルでいちばんまっ黒の白人、シャンゴの直系、サラヴァ！」
ヴィニシウス・ヂ・モライス&バーデン・パウエル
『サンバ・ダ・ベンサォン』
1967年（シャンゴ：正義の神、サラヴァ：幸運を）

混血

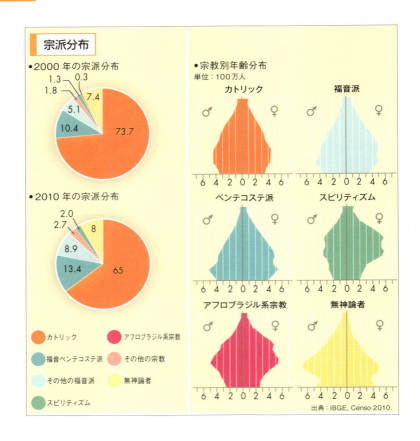

新しい信仰をとりいれることでさらに強化された。シコ・シャビエル（1910−2002）によって広められたスピリティズムは、2012年には600万人の信者を擁するまでになった。1950年代には、福音教会（ペンテコステ派をふくむ）の増加によって宗教の供給は拡大する。1980年代、「カリスマ刷新」派の教会はとりわけ都市部の貧困層のあいだにかなりの浸透を見せる。エディール・マセドはブラジルの宗教的シンクレティズムの著名な顔である。1945年にカトリックの家庭に生まれた彼は、1970年にペンテコステ派に改宗するまではアフロ・ブラジレイロのカルト（ウンバンダ）を実践していた。1977年、彼は神の国ユニバーサル教会を設立、2012年には信者数を190万人にまで伸ばした。マセドはまた1989年以降テレビ局レコールを経営している。2016年、彼の甥マルセロ・クリベラ牧師はリオデジャネイロの市長に当選した。

宗教

カトリックは競争を強いられる？

　ブラジルの宗教市場は緩慢な再構成の途上にある。多数派であることに変わりはないが、カトリックは1世紀前からプロテスタントに押されて退潮を続けている。1872年の最初の国勢調査の折には、ブラジル国民の99.7%がカトリックであった。それが、1970年には91.8%、2000年には73.6%、2010年には64.6%（1億2300万人）にまで減少している。

　この退潮は、主として福音教会による浸食の結果である。2000年から2010年のあいだに、プロテスタントの割合は15.4%から22.2%（4230万人のプロテスタントのうち2500万人がペンテコステ派）にまで増えている。ペンテコステ派で最強の勢力を誇るのはアッセンブレイア・デ・デウス［神の集まり］で、1200万人の信者を囲いこんでいる。

　カトリックはすべての地域で衰退しているが、農村部では善戦している。ピアウイ州（カトリック85%）のような一部の州では、まだほとんど支配的な地位を確保している。逆に、リオデジャネイロ周辺部ではその勢力はいちじるしく後退している（福音派30%に対しカトリック40%）。こうした新たな競争にそなえるために、カトリック上層部の一部は「カリスマ刷新」にヒントを求める。カトリシズムの「ペ

ンテコステ化」ともいうべき運動は1970年代にはじまり、今日ではカトリック聖歌のスター、マルセロ・ホッシ神父（1998年以降アルバム1100万枚を売りあげた）のような著名人によって支持されている。とはいえ、カトリック・カリスマ刷新（RCC）はカトリック教会内においても批判を受けており、福音派の弾みを抑えこむだけでは十分ではないようだ。

政治の宗教化

　ブラジルでは一部の宗教団体が政治に対し大きな影響力をおよぼす。1960年から1970年代にかけて、カトリック教会は分断された。支配的だった保守派は軍事政権および財界に近かったが、進歩派（聖職者エウデル・カマラおよびレオナルド・ボフに代表される）は社会的正義を求める宗教的実践に重きを置いた。解放の神学とよばれる運動である。1980年代、資本主義的個人主義が解放の神学を弱体化させる一方で、福音教会が政治舞台に登場する。1986年、福音派の33人が国会議員に選出される。彼らは福音教会の利益を守る福音派議員団（バンカーダ・エヴァンジェリカ）を結成、2017年には74人の議員を数えるまでになった。その影響力はしだいにめだつようになり、2009年10月、ペンテコステ派の議員はブラジルにおけるカ

混血

トリック教会の法的地位に関する協定を拡大する「宗教一般法」の投票を求めた。それでも、カトリックと福音派が一致して影響力を行使することもあ

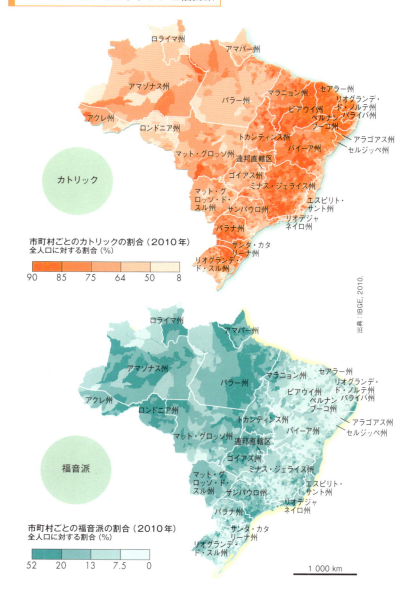

ブラジルにおけるカトリックと福音派

市町村ごとのカトリックの割合（2010年）
全人口に対する割合（％）
90 85 75 64 50 8

出典：IBGE, 2010.

市町村ごとの福音派の割合（2010年）
全人口に対する割合（％）
52 20 13 7.5 0

1 000 km

宗教

る。たとえば、中絶を処罰対象から除外しようとしたルーラ大統領に撤回を求め（2010年）、ジルマ・ルセフ大統領が提出したホモフォビア［同性愛嫌悪］対策法案を阻止しようとした（2012年）。

混血

豊かな文化遺産

　ブラジルは非常に豊かな、しかし壊れやすい文化遺産を有する。アマゾン地域には膨大な動物相と植物相の生物多様性がみられ、ここでしかみられない特異な種は数千にのぼる。歴史遺産（音楽、料理、都市など）もまた多様である。だが、その保全が問題になったのはそう古いことではない。これが政治的課題とされたのは1930年代のことである。こうした自然、文化遺産の評価に対する関心の薄さは、一部には略奪的植民地主義の結果ともいえる。遅れをとりもどすために、ブラジルは保護区や遺産登録を増やす努力を重ねている。

保護政策

　保護政策が具体化したのは1937年のことで、国立歴史美術遺産保全研究所（IPHAN）が創設された。1988年以降、歴史遺産保全は憲法的価値（第216条）を有するようになった。ユネスコの有形文化遺産リストには、たとえばサン・ルイス、オウロ・プレットおよびオリンダの各都市、レンソイス、セーハ・ド・クーハウおよびコルコバードの全体景観などが登録されている。さらに2002年以降、25の文化財が無形文化遺産に登録された。フレーヴォ（カーニバル的な音楽と北東部のダンス）、カポエイラ、ミナス・ジェライスの職人が作るチーズそしてカリオカ・サンバがふくまれる。しかし、文化財の保護はほとんど連邦政府の施策に頼っており、文化財保護法を定めて

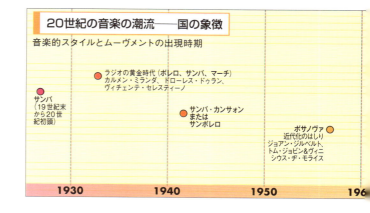

豊かな文化遺産

> **言の葉**
> ボサノヴァを聞いたか？
> 今はやりの新しい音楽
> きみに言っておこう
> これはブラジルでは
> 流行らない
> トン・ゼー『空が落ちた』
> 2008年

ン、国立公園など）と持続的利用保護区（環境保護区、重要環境保護区、採取保護区など）とに分類した。2017年、保護区は150万平方キロメートル、全国土の18.2%を占める。

文化財としての音楽

1960年、ブラジルが生んだ作曲家ヴィラ＝ロボス（1887–1959）を記念して、その名前を冠した博物館がリオデジャネイロに開館した。IPHANによれば、ヴィラ＝ロボスは「ブラジルに音楽ナショナリズムを発展させ、ブラジルの音楽を普遍的なものとした」。かくして、音楽はブラジルの文化遺産の核心に位置づけされた。同時に、もうひとつの音楽の革命が起こりつつあった。1958年、ブラジルはボサノヴァの時代に突入する。ジョアン・ジルベルトがボサノヴァの起源といわれる『シェガ・ジ・サウダージ［想いあふ

いる市町村は全体の17.6%にすぎない（ミナス・ジェライス州の62%からマラニャン州の1.3%、アクレ州にいたっては0%）。保護政策は自然遺産にもかかわっている。「均衡のとれた生態環境」（1988年憲法第225条）を保全するために、議会は2000年国家自然保護区システム（SNUC）法を採択した。10年にわたる議論のすえに、法律は2種類の保護区分を設定し、完全保護区（エコロジカル・ステーショ

混血

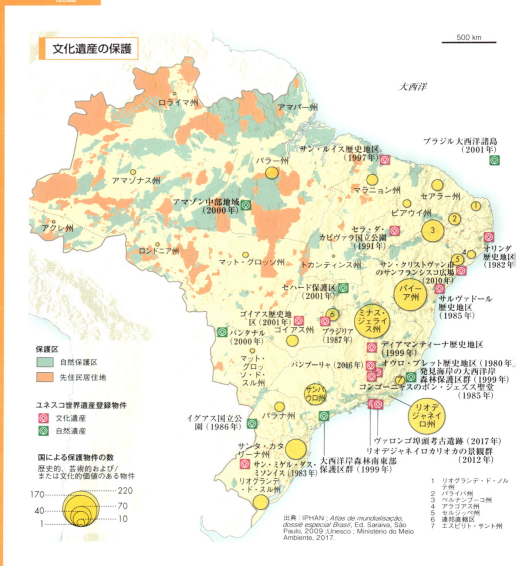

「1958年の初頭、われわれは人間として最低の能力しかない原材料の輸出屋だった。1958年の終わり、われわれは人間として最高の能力に達していた。芸術の輸出者になっていたのだ。なんてことだ！ なにが起きた？」。数年れて]』を録音した年だ。曲はヴィニシウス・ヂ・モライスとアントニオ・カルロス・ジョビンによるものだった。この新しい時代の幕開けとなった力強い潮流は、ブラジルのもう1人の天才トン・ゼーによっても強調されている。

豊かな文化遺産

後、スタン・ゲッツとジョアン・ジルベルトによるアルバム『ゲッツ/ジルベルト』（1963）は、ブラジルの芸術的創造性を具現するボサノヴァの国際的な影響力を示すものだった。1970年代以降、スタイルは多様化し（土着的ロック、ジャズ、ラップなど）、フュージョンが音楽遺産をさらに豊かなものにする（マンギ・ビート、ジャズ・パゴージなど）。一方、ブラジル音楽のグローバル化は、世界中を駆けめぐるとらえどころがなくリピータブルな媒体、動画投稿サイトによっても加速した。グスタボ・リマ（『バラーダ・ボア』2011年）やミシェル・テロ（『アイ・シ・エウ・チ・ペゴ』2011年）は、ブラジルが商業的に標準化されたスタイルでもやっていけることを示した。

混血

メディア権力

メディアはブラジルの政治・社会生活において重要な役割をはたしている。メディアの経営は少数の有力なファミリーの手ににぎられており、その支配力はしばしば彼らの政治的利益のために使われる。一方、新たなテクノロジーの進歩はメディアの消費様式を変えている。新聞などの紙媒体メディアがデジタルの挑戦を受けて立ち往生しているとすれば、テレビは大衆社会への浸透の武器でありつづける。テレビはブラジル人の日常生活にリズムをあたえ、娯楽番組や連続メロドラマは数百万の視聴者を獲得している。テレビは価値観の普及、およびある程度とはいえブラジル社会の均質化に役立っている。

メディア権力の集中

ブラジルでは、メディア権力は少数の有力なファミリーの手ににぎられている。南部ではシロツスキー、北東部ではジェレイサッチおよびマガリャンイス、中西部ではザーランなどである。メディア権力の集中だけではなく、メディアと政治とのからみあいをも体現しているのがグローボ・グループである。1925年にイリネウ・マリーニョによって創刊された1新聞にすぎなかった『オ・グローボ』が、いまや国で最大のメディア・コングロマッリットに成長をとげ、2011年、傘下に220のメディア企業をおさめ、19億ユーロの利益を上げている。『ヘジ・グローボ』は1965年にロベルト・マリーニョ（イリネウの息子）によって設立されたテレビ局である。軍事政権に接近

することによって、マリーニョは大きな政治的影響力をもつことになる。ヘジ・グローボの絶頂期は1980-1990年代だった。マリーニョは「ブラジルでもっとも重要な人物」（シコ・ブアルキ）と称された。彼に相談することなしには、どんな重要な決定もなされない。フェルナンド・コロールは自身の共和国大統領選挙（1989年）での勝

言の葉

メークした彼らの顔とつくり笑い
生中継または録画中継
彼らは権力のしもべ（…）
わが国民が熱愛するのは金持ちなのさ

ファシ・ダ・モルチ
『テレビジョン』1999年

メディア権力

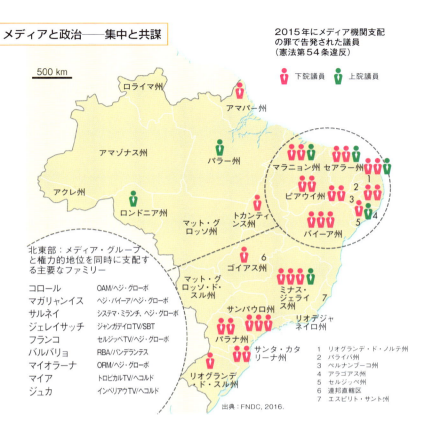

メディアと政治──集中と共謀

2015年にメディア機関支配の罪で告発された議員（憲法第54条違反）
- 下院議員
- 上院議員

北東部：メディア・グループと権力的地位を同時に支配する主要なファミリー

コロール	OAM/ヘジ・グローボ
マガリャンイス	ヘジ・バイーア/ヘジ・グローボ
サルネイ	システマ・ミランチ、ヘジ・グローボ
ジェレイサッチ	ジャンガデイロTV/SBT
フランコ	セルジッペTV/ヘジ・グローボ
バルバリョ	RBA/バンデランテス
マイオラーナ	ORM/ヘジ・グローボ
マイア	トロピカルTV/ヘコルド
ジュカ	インペリアウTV/ヘコルド

1 リオグランデ・ド・ノルテ州
2 パライバ州
3 ペルナンブーコ州
4 アラゴアス州
5 セルジッペ州
6 連邦直轄区
7 エスピリト・サント州

出典：FNDC, 2016.

利を彼のおかげだと言っている。1990年代、グループは危機を迎える。ロベルト・マリーニョの死（2003年）にともない、彼の末息子ロベルト・イリネウ・マリーニョがこのメディア帝国を継いだ。

メディアの消費

メディア消費が不均等なブラジルにあって、テレビとラジオだけが均等な浸透率を示している。ブラジル人は1日平均4時間以上をテレビの前ですごす。彼らは娯楽番組とリアリティ番組（2017年『ビッグ・ブラザー・ブラジル』がシーズン18を開始）に目がない。キャスターたちはたいへんな人気で、高いギャラを得ている。グローボの日曜日夜の人気番組『ファウスタンの楽しい日曜日』の司会者ファウスト・シルバ（ファウスタン）は月に200万ユーロを稼ぐ。ブラジルの上流および中流階級はニューテクノロジーの大消費者でもある。2017年、1億

混血

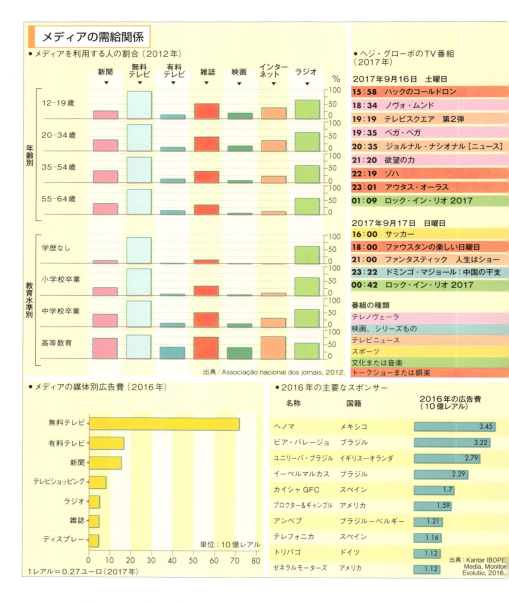

3910万人のブラジル人がインターネットを使っていた（1日平均5時間使用）。2017年、ソーシャルメディア、フェースブックは1億300万人の利用者を数え、アメリカ、インドに次いで世界第3位にランクされた。ツイッター利用率でも、ブラジルは世界第5位につけている。ルシアーノ・フッキ

（グローボの娯楽番組キャスター）1人に、1290万人のフォロワーがついている。

テレノヴェーラ

テレノヴェーラ［テレビ小説］はテレビ文化のレガシーのひとつである。1950年代に生まれ、軍事政権時代（1970年代）に絶頂期を迎えた。放映時間帯は17時30分から22時のあいだ、ひと組のカップルが多くの障害をのりこえて愛の物語を紡ぐというメロドラマの基本的な図式は変わらない。不平等な社会を描くが、そこでは社会的障壁は決してのりこえられないものではない。テレノヴェーラはブラジル全土に共通の価値観を広めるのに貢献している。もっとも人気の高いテレノヴェーラは、グローボで放映されたあと世界中に輸出される──『テラ・ノストラ』（1999年）、『罪の色』（2004年）、『アベニュー・ブラジル』（2012年）などがある。2012年10月、3800万人を超える視聴者が『アベニュー・ブラジル』の最終回を固唾をのんで見守った。労働者党のサンパウロ市長選候補フェルナンド・アダジは、テレノヴェーラと重ならないように、同じ時間に予定していた選挙キャンペーンのミーティングを遅らせた。

- 混血
  まとめ

高度のバイタリティ 横溢するブラジルの文化
世界中に光輝くブラジルの文化だが、すべてのブラジル人にいつも開かれているとはかぎらない。文化はしばしばエリート階級に独占されてきた。そして文化財の保護はなおざりだった。不平等は社会的であると同時に地理的でもあった。唯一の例外は音楽である。ブラジル人は彼らの歌手をよく知っているし、そのレパートリーの大半はそらんじている。

数千の「文化センター」
最近国中に設けられたこれらの文化拠点はブラジル文化の景色を変えた。1960年以降商業連盟社会サービス（SESC）が部分的に担ってきた役割であるが、文化的産物の消費は民主化された。

お決まりのイメージの向こうで
社会的・人種的混交と混血は、それでもブラジル社会の課題でありつづける。観光客にとっては社会的平等のシンボルにも見えるビーチでさえ、さまざまな人間のカテゴリーによって区分けされている。

テレノヴェーラの消費のみが
すべてのブラジル人を平等にする。ときに社会的混交に批判的な表現を押しだすこともあるが、この種の番組はそれなりに社会的統一を強めるのに役立っている。

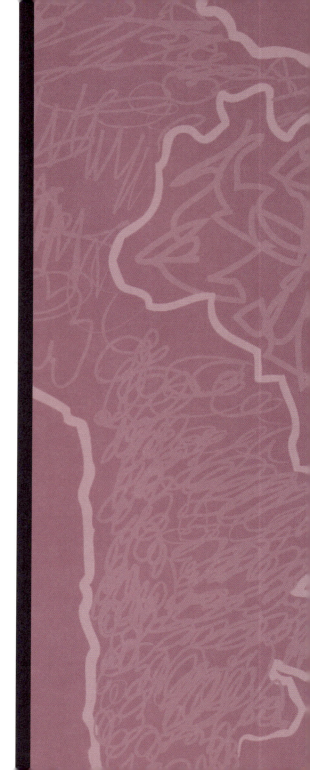

公共政策の挑戦

　1990年から2010年にかけて、ブラジルは大きな変貌をとげた。フェルナンド・エンリケ・カルドーゾ（大統領在任1995-2002）がまず均衡のとれた成長の基礎を築き、国家行政の合理化をはかった。ルーラ（同2003-2010）は、カルドーゾ時代の実績の一部を足がかりに、成長の果実をよりよい社会正義のためにふり分けることができた。貧困層への生活保護給付金（ボルサ・ファミリア）をはじめとする再分配プログラムは、貧困をめざましく縮小する効果をもたらした。

　2010年10月に初の女性大統領に選ばれたジルマ・ルセフは、この近代化の勢いを受け継ごうとした。しかし、彼女の前には前任者たちが失敗した案件も置きざりにされていた。質のよい公共サービス（教育、保健、司法）へのアクセス、暴力との闘いと治安の向上、不正取引と汚職の追放などなど。その上、ブラジルをその不平等の枷から解き放つためには、カルドーゾもルーラも実現しえなかった構造改革に着手しなければならなかった——税制、法制にはじまり、農地改革そして政治制度改革にいたるまで。深刻な経済危機に直面していた2016年、ルセフは罷免され、国は保守化へと舵を切る。

公共政策の挑戦

貧困、不平等そして再分配

> 2000年代に貧困との闘いの分野でブラジルがなしとげためざましい進歩は、多くのウォッチャーに中流階級の国の出現を予想させた。しかし、ブラジルは社会的不平等の国でありつづけ、貧困はなくならなかった。それどころか、2015年から2017年の経済危機によってふたたび貧困がクローズアップされる。社会的進歩を経済好調期のあとまで持続させる手立てを見出すことが政府にとっての課題となった。

中流階級の国？

極貧が食生活をまかなうことができない状態だとすれば、ブラジルには何度かその改善の機会があった。とりわけ、きわめて高い経済成長率が続きさらにそのあと急上昇を記録した1970年代がそうだった。1994年のレアル計画はインフレを抑制し、極貧率を1990年の16.7％から1996年の9.6％にまで下げることに成功した。ルーラと労働者党（PT）が政権につくと、改善は加速し、2008年には8.8％にまで抑えこまれた。経済成長の波による変動は別にして、ブラジルにおける貧困者数は歴史的に、所得配分および社会的上昇機会のいちじるしく不平等な構造に起因している。この見地からも、2000年代はひとつの断絶を画する10年となった。不平等は1990年代からすでに減少しはじめていたが、その流れはPTが政権党になってから加速した。不平等と貧困が期を一にして改善したことにより、ほぼ4000万（アルゼンチンやコロンビアの人口と同等）のブラジル人が正規経済と消費へと向かった。2008-2009年以降、もっとも貧しい「エコノミークラス」は中流階級を数で下まわるようになった。とはいえ、こうした改善は均一ではなかった。ブラジルが世界でもっとも不平等な国のひとつであることに変わりはなく、農村地帯、とくに北東部では貧困はあいかわらず深刻なままだ。

言の葉

人間らしさを失った この世界の貧困を見ろ

ハトス・チ・ポラォン
『貧困』1984年

貧困、不平等そして再分配

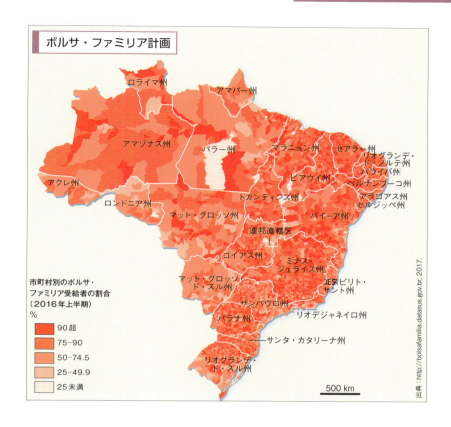

再分配計画は特効薬か？

　貧困撲滅の闘いはカルドーゾ大統領時代（1995-2002）のインフレ抑制の成功にともなって成果をあげはじめた。しかし、その本格化は2003年以降の再分配プログラムの再編成に負うところが大きい。「条件付き現金給付」は、一定の条件を満たすことで生活扶助が支給される制度である。PTの看板政策であったこの家族給付金（ボルサ・ファミリア）は、家族構成によって調整される複数タイプの月払い給付金を定め、その支払い条件として大きくふたつに分類される要件を付した。ひとつは健康に関連する条件で、7歳未満の子どもは予防接種証明書、妊娠または授乳中の女性および乳幼児は医療診断書が要求される。もうひとつは教育関連の条件で、6-15歳の子どもはすべて学校への登録と最低85％の出席率、16-17歳に関しては75％の出席率が求められる。

　家族給付金プログラムはしだいに拡張され、400万であった受給家族が2017年には1300万に達している。こ

公共政策の挑戦

市町村別人間開発指数

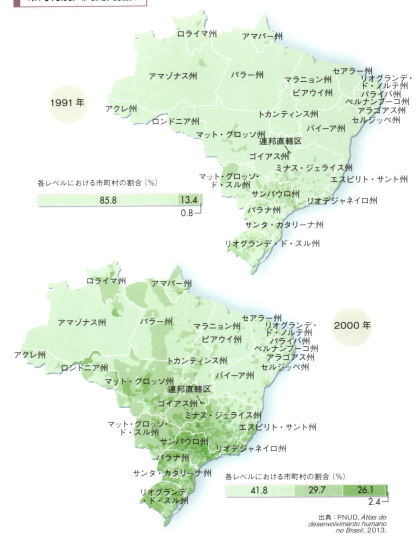

出典：PNUD, *Atlas do desenvolvimento humano no Brasil*, 2013.

のプログラムは、低コストで健康と就学率とを着実に改善した。しかしながら、こうして提供された機会が役立ったかどうかを判断するにはもうひと世代待つ必要があるだろう。とりあえずのところ、現金収入が受給家族にもたらしたものは消費熱である。

ボルサ・ファミリアへの批判は、そ

の互助的、あるいはクライアンテリズム［見返り政治］的な性格に向けられた。実際、このプログラムが実施された地域では、PTは容易に選挙の勝利をおさめている。

より公正な税制に向けて

ブラジルにおける所得の再分配に関して、よりいっそうの平等と正義を実現するための改革で未完のものがひとつある。税制である。ラテンアメリカのほかの国々と同様、ブラジルの税制は基本的に間接税に依拠しており、その性格上逆進的である。くわえて、所得課税の累進性は限定的である。

したがって、富裕層ほど貧困層より相対的に税負担率が軽くなるという結果がもたらされる。応用経済研究所（IPEA）によれば、上位所得のデシル［10分位ランク］は22.7％まで課税されるのに対し、下位所得層（第1デシル）では32.8％まで課税されている。

税収の対GDP（国内総生産）比がすでに36％というヨーロッパなみの水準、そしてラテンアメリカでは最高のレベルにまで達しているというのに、さらなる増税の必要性を説くのはどんな政府にとってももちろん政治的には困難であろう。

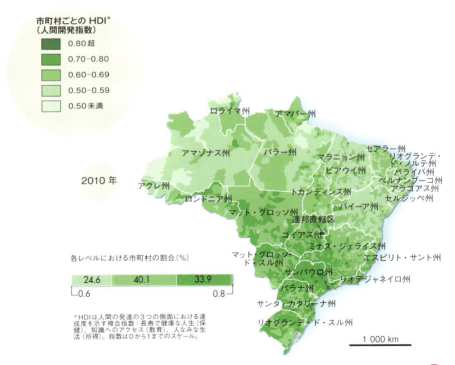

公共政策の挑戦

教育と差別

ブラジルでは教育が社会的不平等を再生産する。ラテンアメリカのほかの国々と同様、公立学校の教育は小学校、中学校ともに質が悪く、高等教育は白人のエリート層にかぎられている。それでも、20年ほど前から状況は改善し、黒人にも優秀な公立大学への道が開かれるようになった。2012年、ジルマ・ルセフ大統領は13年間にわたる議論に終止符を打ち、ポジティブ・アクション［積極的差別是正］法を施行した。

歴史的にエリート偏重の教育制度

植民地時代、ポルトガルは領土内での大学設立を禁じた。ブラジルに入植した有力者たちは自分の子弟をヨーロッパに留学させていたために、そもそもその必要はなかったのである。王室のブラジル遷都にともない、最初の医学学校が1808年にバイーアに設立され、数か月後には第2の医学学校がリオデジャネイロに開設された。1811年には軍学校が設立され、技術学校が併設された。これら最初の教育機関は専門家を育成するための実技学校であった。1828年にサンパウロとオリンダ（北東部）に法科大学ができたのを機に、流れは変わる。政治的エリートの養成と議論の場が作られるようになり、彼らは帝国内で大きな影響力をもつようになる。19世紀末に知識階級に人気があった思潮のなかでも、オー

ギュスト・コントの実証主義の影響は特筆に値する。1920年にはリオデジャネイロ大学（URJ）が設立され、法科、医科の学校および理工科学校が吸収された。サンパウロ大学（USP）の設立は1934年だが、これにはフランスの支援が重要な役割をはたした。

1960年代初頭、近代化の波が押しよせる。その象徴がブラジリア大学の設立（1961年）で、「経済的および社会的発展への闘いのなかで、ブラジル国民が直面する諸問題に民主的な解決

言の葉

ブラジルの大学では、黒人は全学生の2％未満だ。サンパウロでは4時間ごとに若い黒人1人が暴力的な死をとげる。

ハシオナイス Mc's
『詩篇第4篇、第3節』1997年

教育と差別

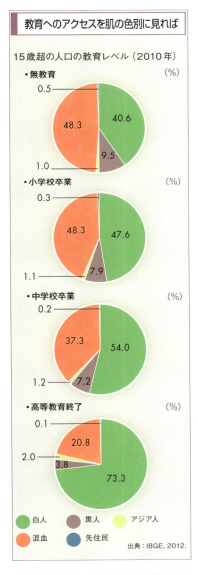

教育へのアクセスを肌の色別に見れば

15歳超の人口の教育レベル（2010年）

・無教育 (%)
40.6 / 48.3 / 9.5 / 1.0 / 0.5

・小学校卒業 (%)
47.6 / 48.3 / 7.9 / 1.1 / 0.3

・中学校卒業 (%)
54.0 / 37.3 / 7.2 / 1.2 / 0.2

・高等教育終了 (%)
73.3 / 20.8 / 3.8 / 2.0 / 0.1

白人　黒人　アジア人
混血　先住民

出典：IBGE, 2012.

方法を模索する市民を教育する」ことを目的としていた。国内の大学の数は1945年の5校から1964年には37校にまで増えた。学生運動もさかんにおこなわれ、教育の民主化要求と大学の社会的責任を問う声が高まった。しかし、この自由の季節も1964年のクーデタで終わりを告げる。1965年、ブラジリア大学は軍により占拠され、その保護下に置かれる。学生運動は解体され、多くの大学が教育のいきすぎた左傾化を理由に「粛清」対象となった。軍事政権はアメリカの国際開発庁（USAID［アメリカの非軍事の海外援助を統括する組織］）と協定を結び、1968年には革新派に背を向ける大がかりな改革をおこなう。大学はその技術的使命に立ちもどらされ、非政治化された。同時に軍事政権は私立の高等教育機関の進出を許したが、それはかならずしも高い質のものではなかった。1970年代には、国内の学生数が爆発的に増えたが、大学の大衆化は改革によって強化されたエリート主義をカムフラージュするものだった。中間層の子弟は高額で凡庸な内容の大学へと誘導されたからである。1985年の民主主義への復帰も、教育面ではただちに影響をもたらさなかった。

　自身がすぐれた大学人であったフェルナンド・エンリケ・カルドーゾ大統領（任期1995-2002）の施政下で、教育は優先的テーマに返り咲くが、2000年代初頭、18-24歳のブラジル人のうち大学に行っている若者は7％にすぎなかった。同時期、アルゼンチンやウルグアイ、チリではその割合は30％を超えていた。さらに、カルド

公共政策の挑戦

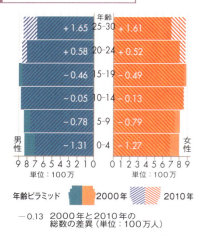

2000年と2010年の
総数の差異（単位：100万人）
出典：IBGE.

ーゾはネオリベラリズムにもとづく市場活性化の一環として、私立大学の設立を奨励した。こうして、高等教育の全供給量のなかで私立大学が占める割合は、1994年の77％から2002年には88％にまで伸びている。これは世界でも非常に高い割合である。

教育への投資

2000年以降、ブラジルは教育面で多大な努力をおこなった。教育予算が公共支出全体に占める割合は、2000年の10.5％から2009年には16.8％まで伸びている。それでもメキシコやチリにはおよばない。努力はとりわけ小中学校の教育に傾注された。ボルサ・ファミリア・プログラムは4歳児童の就学率の向上をもたらし、2005年か

ら2010年のあいだに37％から55％にまで改善している。OECDによる生徒の学習到達度調査（PISA）が示すように、ブラジルの小学生の読解力および数学的リテラシーは改善している。ただし、15歳の若者たちの進歩はわずかだ。ブラジルは2000年の世界ランキング（31か国）では最後尾だったが、2009年には65か国中53位までランクを上げた。ブラジルの大学65校がラテンアメリカ優良大学250校にランクインしている。だが、ブラジルのもっともすぐれた大学であり、ラテンアメリカでもトップのサンパウロ大学（USP）でさえ、上海ランキングでは87位に甘んじている。同大に次ぐカンピーナス州立大学（UNICAMP）は159位である。

ポジティブ・アクション［積極的差別是正］

高等教育へのアクセスを民主化するために、ルーラとルセフの両大統領は連邦大学の数を増やした。2003-2014年のあいだにその数は45校から63校にまで増え、新入生の受入れ能力は53万人に達した。しかし、これらの大学の入学試験はきわめて厳しく、公立高校出身者が合格するのはまれである。

2017年現在で全国に108ある大学のなかで、多くの公立大学が積極的差別是正措置をとっている。リオデジャネ

教育と差別

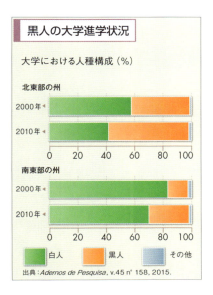

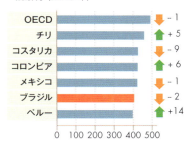

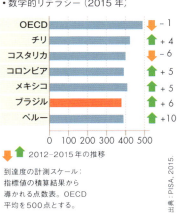

イロ州では2000年、公立大学の収容人数の半分を公立高校卒業者に割りあてることを定める法律が施行された。翌年、同州で州内の公立大学での有色人種の受入れ割り当てを40％に定める法律が成立した。

2004年、ブラジリア大学は新入生の20％を有色人種枠とした。この決定は反対運動を招き、ブラジル憲法裁判所（連邦最高裁判所）に提訴されたが、8年後の2012年4月26日、この仕組みは裁判所によって法律上有効と判断され、同じ手続きを採用した70におよぶほかの公立大学もその合法性を担保されることになった。ついで2012年8月29日、ジルマ・ルセフ大統領はすべての公立大学の学生数の半分を公立高校出身者にするという大胆な連邦法を公布する。そのうち、有色人種の進学希望者の割合は当該州の非白人住民の割合に連動しなければならない。この積極的差別是正措置の実施は、複雑に混血がおこなわれてきたこの国では人種の表現型の定義という壁にぶつかった。黒人の先祖をもつと主張する生徒によって、弊害はひんぱんにくりかえされ、メディアは制度の機能不全を告発し、自分たちの主張に引きもどそうとする極右勢力に絶好の口実をあたえた。

117

公共政策の挑戦

保健と医療へのアクセス

ブラジルの保健行政は長いあいだ社会の不平等的性格を反映し、またそれを維持してきた。2003年以降、左翼政権は医療へのアクセス拡大に努めたが、公共医療部門は恵まれない層に不利な条件の壁に悩まされつづけた。裕福なブラジル人はといえば、すぐれた民間医療の提供を享受し、美容外科ではてしない欲望を満たしている。

不平等政治の根源

19世紀、大都市で実施された「衛生学的」措置は、貧民街を衛生ロープで囲むことだった。サンパウロでは、1890年代、富裕層は丘の上、とくに「イジエノーポリス」とよばれる一角に居をかまえた。その下では人びとが川沿いのきわめて不衛生な環境のなかで暮らしていた。同じ頃のリオデジャネイロでは、港がマラリア、天然痘、黄熱病といった悪性の疾病の侵入を受けていた。保健局長だったオズヴァウド・クルースはリオで強力な黄熱病撲滅キャンペーンを張り、これがブラジルの歴史上はじめての保健行政となった。これで成果はおさめたものの、天然痘の予防接種の義務化をはかろうとする彼の試みは大衆のあいだで猛烈な反対にあう（ワクチン暴動、1904年）。

ヨーロッパからの大量移民に直面し、また工業化時代の初期にあって、政府は社会保護の要求を満足させようとするが、保健省が創設されるまでには1953年を、社会保護に関する国家組織法が採択されるまでには1960年をそれぞれ待たなければならなかった。つぎに登場した軍事政権は民間の医療機関の発展を優先したが、これは1990年代のネオリベラル派の改革によっても維持された。1988年にはすでに、健康が国によって保障されるべき権利であることを定めた憲法が成立したはずであったのだが。

言の葉

「ヘイ、ベイビー！
おまえにゃ美容院は必要ないぜ」
ゼッカ・バレイロ
『サロン・ジ・ベレーザ［美容院］』
1997年

保健と医療へのアクセス

重大な疾病の広がり

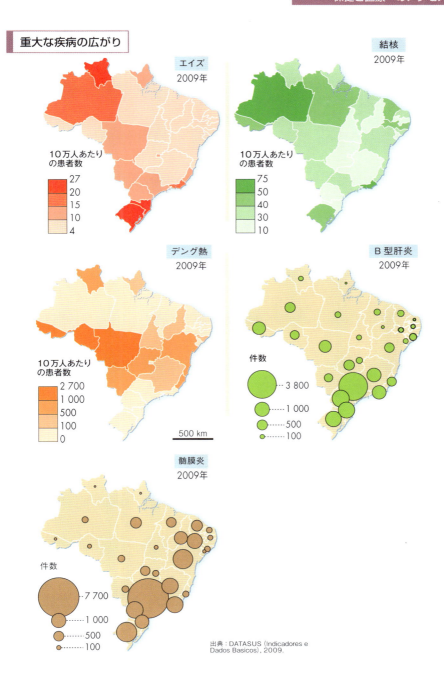

出典：DATASUS (Indicadores e Dados Basicos), 2009.

公共政策の挑戦

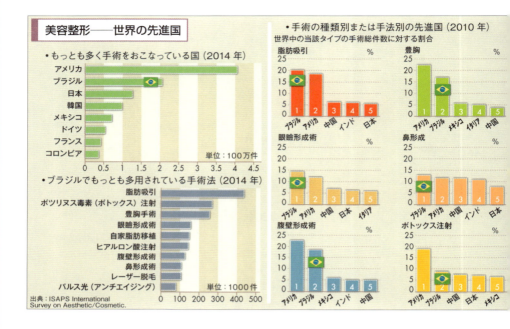

医療へのアクセスの平等化

1988年、統一保健医療制度（SUS）により、ブラジル国民はすべて医療にアクセスできるようになった。しかしながら1990年代、保健は政府にとっての優先課題ではなかった。公的医療と民間医療とのあいだに溝ができ、民間医療のシンボルとなった美容外科がめざましい発展をとげた。肉体と容姿への信仰はこの国ではたんなる神話ではない。美容外科医の数と施術数（2014年）に関して、ブラジルはアメリカに次ぐ世界第2位の国である。脂肪吸引と鼻形成では、世界で1位にランクされている。

左翼政権の到来とともに、優先課題が変わる。ルーラ政権の看板政策であるボルサ・ファミリア・プログラムは妊娠女性と低年齢の児童に厳格な医療健診を義務づけた。0-6歳の子どもの予防接種率にはわずかな変化しかなかったが、薬局に通う回数には大きな前進がみられた。

といっても、保健行政分野での立ち遅れが完全に払拭されたわけではなく、2005-2009年のあいだに病院の病床数は減少し、公立病院で治療を受ける患者は空きベッドが出るまで長期間待たされた。ブラジルには43万2000床のベッドがあるが、南東部を見るとその内訳は公立病院が35.4％、私立病院が54.2％という割合である。2007年の保健支出はGDPの8.4％という低いレベ

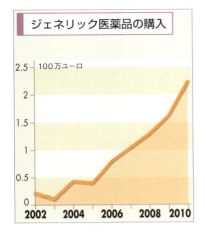

ジェネリック医薬品の購入

ジェネリック医薬品への闘い

ブラジルは1996年にはエイズ治療のための抗レトロウイルス薬のジェネリック薬品の生産を開始し、すべての患者に治療の道を開いた。2003年、世界保健機構（WHO）は保健行政でのこの成功を認め、ブラジル・モデルを全世界に広めることが決定された。

医療へのアクセスの普及政策のなかで、ルーラ政権は保健行政でジェネリック以外の医薬品を処方することを禁じた。「みんなの薬局がここにある」運動を通じて、政府は避妊薬をはじめ高血圧、喘息、糖尿病の治療薬を無料で配布した。2011年には、医薬品市場は40％の成長をとげたが、薬局で販売された医薬品のうちジェネリックは20％だった。アメリカでは50％であることを考えれば、この割合は高いとはいえない。

ブラジル政府は10年の特許期間がすぎた薬品のジェネリック版の製造を促進する一方で、特許権そのものを無効にすると威嚇して薬価を下げさせようと大手製薬会社に圧力をかけている。ブラジルはインドおよび中国と協力して、世界貿易機関（WTO）でジェネリック医薬品の製造権を保護するための闘いをくり広げている。

ルである。だがもっと深刻なのは、このうち政府からの支出が半分以下（41％）だという点だ。イギリスではこの割合は88％におよぶ。

ブラジルでは、1年間に医者にかかった人の割合は、1998年の55％から2008年には68％に増えている（フランスでは80％を超える）。だが、不平等は続いている。富裕層ではこの割合は76％であったのに対し、最低レベルの所得層では59％にすぎなかった。衛生管理と罹患率における地理的不平等も存在する。たとえば、2008年飲料水にアクセスできた人の割合は、中西部では住民の97.6％だったが、北部では74.3％にすぎない。もうひとつの例、10万人あたりのエイズの症例は南部では20例だったが、北東部では7例だった。10万人あたりの結核患者の数は中西部では22人だが、北部では48人にのぼる。

公共政策の挑戦

ファベーラ

ニュースや映画では、ファベーラ（ファヴェーラ）［スラム街］は退廃したひどい場所ないしは底なしの暴力が支配する無法地帯のように描かれる。19世紀末から存在するブラジルの貧民窟は、とりわけ抜本的な解決が困難な疎外と排除のイメージを想起させる。リオデジャネイロ市は「平和維持警察部隊」を充実させてきたが、その一方で、麻薬撲滅の一環として定期的に軍の出動を要請し、強権的な介入をおこなっている。とはいえ、ファベーラは大衆文化のゆりかごでもあるのだ。

仮設家屋群の起源

最初のスラム街がリオデジャネイロにできたのは、カヌードス戦争（北東部の千年王国を奉じる共同体との戦い）後の帰還兵2万人以上が丘の近くに住みついた1897年のことである。彼らはその一帯を、きわめて強靭な植物の名前に由来する「ファベーラの丘」とよんだ。やがてこの地域に黒人を主体とする貧困家族が流入するようになる。一方サンパウロでは、19世紀末以降富裕階級が貧困層を郊外へと押しだしたことにはじまる。戦後加速する都市化によって居住空間の疎外と排除が進行した。1960年代の経済成長は北東部から多数の移民を呼びこんだが、彼らは南部および東南部の大都市のスラム街に住みついた。モホ／アスファウト［丘とアスファルト舗装の街］のコントラストは、悲惨と繁栄とが隣りあわせになっているブラジルの

ほとんどの大都市の特徴となった。

疎外と排除

貧困との闘いの進捗にもかかわらず、ブラジルは2010年にもなお5565都市のうち323都市に6000を超えるファベーラをかかえていた。全国人口の6％に相当する1140万の住民がそこに住んでいる。もっとも顕著な例がベレンで、人口の54％がファベーラに居

言の葉

ぼくが生まれるのを見たファベーラ
きみの心の内を知る者だけがきみを理解する
ぼくが生まれるのを見たファベーラ　ぼくは心を開ききみのために愛の歌をうたう
ラッピン・ウッジ『ファベーラ』スジェイト・オーメン2
2005年

ファベーラ

住する。リオデジャネイロでは、人口の22%すなわち140万人が、900あるファベーラのいずれかに住んでいる。ロシーニャとダ・マレーが全国でも最大級のファベーラである。

ファベーラは劣悪な生活環境が特徴である。多くの場合不法に占拠された土地の上に建てられたバラック家屋では、住民は基本的なインフラ（電気、ガス、下水）へのアクセスが許されない。社会的および空間的排除のもとで、サバイバルの手段としてインフォーマル経済が生まれ、闇取引が横行した。1980年代以降、麻薬取引は多くのフ

ァベーラを席巻し、とりわけリオデジャネイロでは犯罪発生率を急増させた。

大きなスポーツイベント（2014年FIFAワールドカップ、2016年オリンピック）開催を間近にひかえ、公権力は事態の掌握にのりだした。2008年から2014年のあいだに、リオデジャネイロの38のファベーラに平和維持警察部隊（UPP）が新設されたが、その成果については異論もある。

公共政策の挑戦

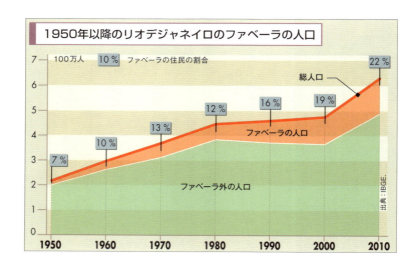

大衆文化

　2002年の映画『シティ・オブ・ゴッド』はリオデジャネイロのファベーラにおける暴力に満ちた、しかし主人公がその運命から抜けだして写真家になるという希望ものぞく生活のイメージを広めるのに役立った。

　生まれたときから、ファベーラはきわめて活力に満ちた大衆文化のゆりかごでもあった。20世紀初頭、そこでは黒人奴隷をルーツとし、しばしば伝説の悪党マランドロをほめたたえるような反逆的な音楽、サンバが育まれた。アフリカ系カルトもまたそこで育った。1970年代、移住者たちが北東部生まれのダンスミュージック「フォホー」をファベーラに広めた。

　より最近では、ファベーラはリオのファンクやサンパウロのヒップホップの起爆剤になっている。ハシオナイスMCのようなブラジリアン・ラップの大物は、よりよい世界を夢見るファベーラの住民の貧困や不満を語る。サンパウロの作家フェヘスやシリアクスは日々の暴力に押しつぶされる若者たちに襲いかかるやっかいごとを語る。グラフィティ・アートの書き手たちは、中心街の壁にまで彼らのアートを描きなぐる。芸術的表現は暴力の代替手段となり、若者たちに自分の共同体のためのプロジェクトをくり広げるよううながした。一部の地方自治体は彼らを支援し、とりわけ青少年向けのサービス部門をつくることで、密接な共同作業を進めている。社会的責任を自覚した一部の企業も彼らに支援の手を差しのべている。

ファベーラ

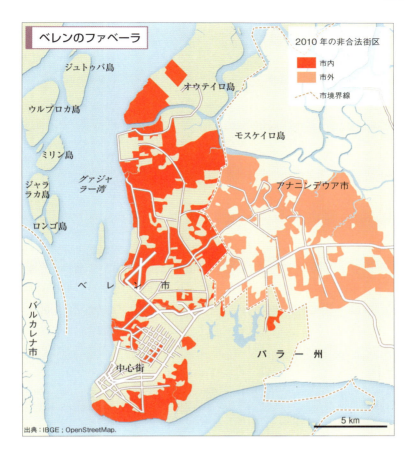

公共政策の挑戦

土地へのアクセス

広大な国土ははじめからブラジルの歴史の背景を形づくってきた。それは経済成長の原動力であると同時に、不平等な社会的関係の素因であり、政治的独裁主義の土台でもあった。国の民主化と左翼政権の到来によって、農地改革に一定の進歩がもたらされた。一方、きわめて強力な農業経済を発展させてきたブラジルは、競争力を強化するために大規模な農地拡大を必要とした。2016年のルセフ大統領の罷免により、農地改革は頓挫し、暴力の復活を助長した。

きわめて広大な土地

ブラジルの植民地化はその当初から広大な土地の私有化を可能にした。その後数世紀にわたって、ブラジルの経済は農業用の大規模土地所有（ファゼンダ）制度の上に発展をとげた。農産物が変わるたびに農耕地の境界線は移動したが、土地所有の集中はますます顕著になった。奴隷制度は崩壊したが、農村における働き手の搾取は封建的残滓を残したままだった。20世紀後半の農業近代化は不安定さをいっそう深刻化させた。土地をもたない農民の数は爆発的に増え、1990年代初頭には700万家族におよんだ。

土地なし農民運動（MST）

1983年に結成されたMSTは、1985年の再民主化の際に農地改革を政治的テーマとしてとりあげるよう闘い、

1988年憲法ではふたつの条項（第184条および第186条）の挿入を勝ちとった。これにより、社会的機能をはたさない土地の収用が合法化された。しかし、MSTが遊休土地の占拠を主導し、暴力に訴えることも辞さなかったことで、たちまち初期の民主主義政府の失望を買った。協同組合や協会の幅広いネットワークを動員して、MSTは農村労働者の家族が適切な生活条件にアクセスしつつ働き、生産することがで

言の葉

戦争に疲れはてて
死ぬとき
自分の土地があれば
おれは満足して死ぬ
シコ・ブアルキ
『アセンタメント』1997年

土地へのアクセス

出典：Estatísticas do meio rural 2010-2011, Ministério do Desenvolvimento Agrário, Brasília, 2017.

きるようアセンタメント（土地占拠）を組織化した。1999年、MSTは502件にのぼる土地占拠をおこなったが、2000年代そのリズムは鈍化し、年平均224件におちついた。MSTは企業による公有地取得の温床になっている所有権証書偽造（グリラージン）を告発した。農村部での暴力は年に30人台の犠牲者を出し、土地占拠はしばしば暴力的衝突を起こしている。

写真家セバスチャン・サルガドによって撮影されたMSTの闘争は世界中に知られるようになる。2000年代、MSTは権力の座にあった労働者党（PT）とこみいった関係を築く。助成金を受けとる一方で、MSTは大衆動員をやめようとはしなかった。

土地所有の集中

全体の0.8%にすぎない2000ヘクタール超の大規模所有者の土地が、全耕地面積の42.5%を占める。逆に、平均4.7ヘクタールの土地を所有する33.7%の所有者の土地が耕地面積に占める割合は1.4%にすぎない。1967年から2006年のあいだに土地所有の集中を示す指標は悪化している。ブラジルはラテンアメリカでもっとも不平等な土地配分の国である。この不平等は、大豆栽培が広大な農耕地を必要とする北部と中西部でとりわけ顕著であり、南部でははるかにましな状態にある。

公共政策の挑戦

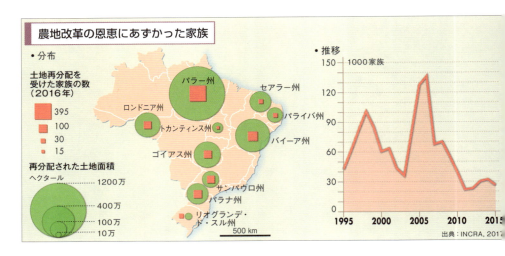

農地改革

　1985年、ジョゼ・サルネイ大統領は140万家族を対象とした農地改革の国家プランを実行した。しかし、土地に定着できたのは9万家族だけで、目標の6％にすぎなかった。フェルナンド・エンリケ・カルドーゾ大統領は、28万家族に土地をあたえるというひかえめな目標を定めた。目標は達成されたが、同時に45万家族がネオリベラルな改革によって崩壊し土地を失った。

　2002年にルーラが大統領に選ばれたとき、土地の再分配は彼の政策目標のひとつであった。新たな農地改革の国家プランによって家族農業や小規模土地所有者を優遇し、土地の分配構造に社会正義をもたらすという野心をいだいていた。

　国が買いとるか収容した土地を、国立植民農地改革院（INCRA）が再配分する。2003-2006年のあいだに、3200万ヘクタールの土地が対象となった。1999-2002年では880万、2007-2010年では1640万であった。定着した家族数は2003年の3万6000から2006年には13万6000にまで増え、ついで2011年にはふたたび2万2000に落ちこむ。収支は黒字に見えるが、実際にこのプランがやったことは新たな土地の再分配というよりは、非合法に占拠された土地を合法化するケースのほうが大かったのである。PT（労働者党）には生産性の低い家族農業の成長を促進することにためらいがあった。家族農業は開墾地の84％を、労働力の74％を占めるが、耕地面積にすると24％、農業部門の生産価値でいえば38％を達成しているにすぎない。とはいえ、牛乳、キャッサバ、インゲンマメそして卵といったブラジル人の基本食糧の大部分をまかなっているの

土地へのアクセス

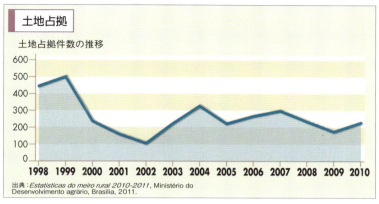

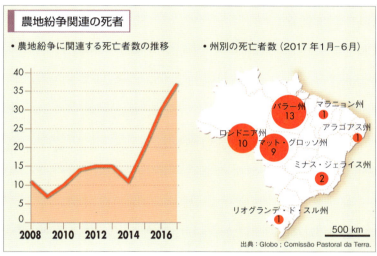

はこれら家族農業である。

　PTはまた強力なアグリビジネス部門との妥協も強いられた。彼らの利益は議会のロビー団体バンカーダ・ルラリスタ［農牧族議員］によってきわめて効果的に守られてきた。

　2016年、ミシェル・テメルがバンカーダ・ルラリスタの積極的な支持を得て政権につくと、急激な政治的変化が生じる。家族農業支援国家プログラム（PRONAF）と食料調達プログラム（PAA）といった複数の政策プランが中断された。テメルは定着支援を受ける家族の認定権限を地方自治体に移管し、地方政治を牛耳る大地主たちの手に彼らをゆだねたのである。農地改革推進派に対する暴力は飛躍的に増え、2016年には59件の暗殺事件が起き、2003年以降で最悪の年となった。

公共政策の挑戦

腐敗との闘い

> 汚職はブラジルの風土病である。各種の国際的評価において指摘されながらも、この国はつねに法との馴れあいを求めるある種の慣行（ブラジル流儀（ジェイト））から抜けだすことができない。ブラジルの政治史には怪しげな行動の人物がちりばめられている。彼らにとって選挙当選後の任期は私腹を肥やす絶好の機会にほかならない。こうした悪しき伝統に敢然と立ち向かったのは、ジルマ・ルセフ大統領だった。彼女はそのために政界の一部との緊張関係を強いられ、それが彼女の政治力を削いだ。

制度的、政治的問題

ブラジルの連邦制度の一定の特殊性がクライアンテリズム［恩顧政治ないしは見返り政治］と腐敗の温床を形成してきた。連邦政府は自由裁量権にもとづき2万人を超える職員（管理職）を雇用する。これがあらゆる形の情実と縁故採用を生むことになる。議員は監査もなく自由に使える多額の予算を手にし、それぞれの選挙区の支持者たちに報奨金をふるまうことができる。

州は官僚主義の網を張りめぐらしてきたが、多くのブラジル人はそれをくぐりぬけるか操作しようとする。たとえば複雑きわまりない税制は、複雑な分だけ回避手段があることを意味する。

各種推計を総合すれば、全体として汚職がブラジルに強いるコストは国内総生産（GDP）の2.3%に相当する。

ルーラの2度の任期中（2003-2010）に9人の大臣が解任されたが、ジルマ・ルセフは就任1年目（2011年）で7人を罷免し、違法行為に終止

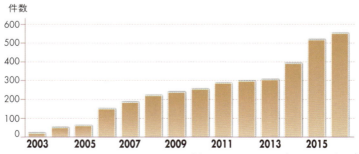

汚職に対する警察の介入

出典：Policia federal do Brasil (www.dpf.gov.br), 2017.

腐敗との闘い

裁判所により腐敗を宣告された政治家（2017年）

姓名	所属政党	職務	刑期
エドゥアルド・クーニャ	ブラジル民主運動党	下院議長	15年4か月
ジョゼ・ジルセウ	労働者党	大臣	23年
ジョアン・ヴァカリ	労働者党	会計責任者	15年4か月
デルビオ・ソアレス	労働者党	会計責任者	5年
アンドレ・ヴァルガス	労働者党	下院議員	14年4か月
ルイス・アルゴロ	連帯	下院議員	11年11か月
ジム・アルジエロ	ブラジル労働党	上院議員	19年
ペドロ・コレア	進歩党	下院議員	20年7か月
ジョアン・クラウディオ	進歩党	会計責任者	8年11か月

上記は確定判決のみ（控訴の可能性のあるものは除く）

符を打つという断固とした決意を示した。しかし、カショエイラ事件（2012年）についでラヴァ・ジャット［洗車］作戦（2014年）などの新たなスキャンダルの発生は、この国の政界全体がいかに腐敗にまみれているかを示すものだった。

その一方で、ブラジルは影響力の大きい裁判を起こす能力があることも示している。1991年、共和国大統領フェルナンド・コロールは職権乱用の罪で罷免手続きの対象となり、1992年10月8日、8年間の被選挙権剥奪の宣告を受ける前に辞任した。

腐敗の象徴パウロ・マルフィ

レバノン系政治家、パウロ・マルフィ（1931年生まれ）は、軍事独裁政権時代にサンパウロ市長（1969-1972）、サンパウロ州知事（1979-1983）など、さまざまな重要ポストを歴任して国政へのステップをふみはじめる。彼の名が知られたのは、彼のインフラ計画と自分の政治的野心のための非合法な駆引きによってだった。1992年にサンパウロ市長に選ばれると、彼は9300万ドル以上の公金を租税回避地に送金する。

2001年に有罪判決を受けたにもかかわらず、マルフィは2006年には連邦議会議員に選出され、2010年に再

言の葉

この汚濁に立ち向かうため
わたしは戦いのギターを手に
とる
アナ・カロリーナ＆トン・ゼー
『腐敗したブラジル
（Unimultiplicidade）』2005年

公共政策の挑戦

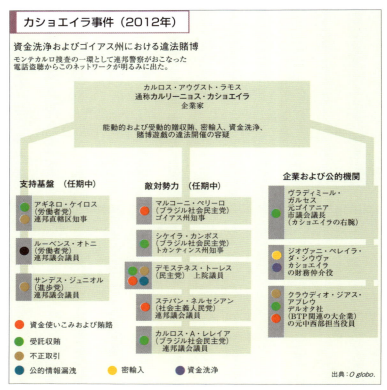

選されている。この年、彼の名はインターポールの容疑者リストに載った。2017年、彼はマネーロンダリングの罪でふたたび7年の禁固刑を言い渡された。きな臭い評判にもかかわらず、マルフィの大衆人気はおとろえなかった。腐敗した煽動政治家のシンボルであるマルフィは、ときに「盗むが、仕事もする」（rouba mas faz）とうそぶいた。

21世紀の訴訟

2002年、ルーラは大統領就任にあたり、腐敗に終止符を打つことを約束した。労働者党（PT）はポルト・アレグレやサンパウロの市政での実績から好意的な評判を得ていたが、ルーラのとりまきたちが決して潔白でないことに世論が気づくのに時間はかからなかった。議会で少数派のPTは、法案をとおすために支持層を広げる必要があった。そのために、PTの指導者たちは国会議員に毎月裏手当てを支払う大がかりな買収スキーム（メンサラン）を実行に移したのである。スキャンダルは2005年に発覚した。ルーラの関与は裏づけられなかったものの、

腐敗との闘い

彼の側近の何人かは辞任した。ジョゼ・ジルセウはルーラの選挙参謀をつとめ、2003年以降首相の座に着いたが、彼もその1人だった。2012年8月2日、メンサランにかかわった38人に対する「世紀の裁判」の幕が切って落と

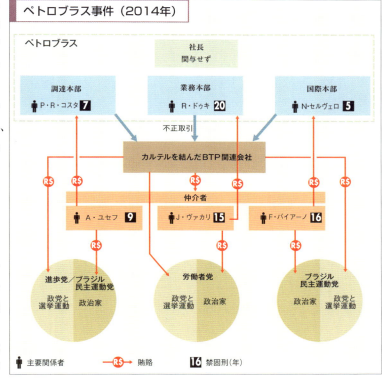

ペトロブラス事件（2014年）

された。ジルセウは禁固11年の判決を受け、元PT党首ジョゼ・ジェノイノは禁固7年を宣告された。

2014年、ある捜査が巨大石油会社ペトロブラス社、ついでオデブレヒト社をはじめとする大手ゼネコンによる過剰請求を明るみに出した。首謀者たちは早々に検察との司法取引に応じ、減刑とひきかえに内情を暴露した。ラヴァ・ジャット［洗車］作戦とよばれるこの事件は、ブラジル史上最大の汚職スキャンダルを白日のもとにさらけだし、ブラジル政界の大多数をまきぞ

えにした。右と左とをとわず、多くの政治指導者たちが投獄された。テメル政権による妨害に対し、司法はその独立性を堅持し、処罰のがれと闘う意志を固めた。2017年、エドゥアルド・クーニャ元下院議長に15年の禁固判決が言い渡された。さらに39人の下院議員、24人の元上院議員、8人の大臣が捜査対象とされる一方で、議員の40％が最高裁による調査対象とされている。

133

公共政策の挑戦

暴力と人権

1980年代の10年間、ブラジルではとりわけ有色人種の若者が関与する都市犯罪が劇的な増加を記録した。経済危機と社会的排除から生まれ、あらゆる種類の闇取引（ドラッグ、武器）を助長させたこの流れは、莫大な経済的、社会的コストをともなった。2004年から2005年にかけてのわずかな減少時期をへて、暴力は全国的規模で拡大した。司法、警察、そして刑務所の制度は多くの欠陥を内包し、公権力による人権の無視、一般人の自警的報復行為が頻発した。

とびきり暴力的な国

高止まりの10年のあと——それもとくに大都市圏で激しかった——、1999年の殺人発生率は1980年に観測されたそれの3倍に達した。反対に、21世紀初頭では、暴力都市として知られるリオデジャネイロやサンパウロのような都市の犯罪は減少、北東部の州で殺人発生率がいちじるしく悪化し、バイーア州の3倍を記録した。暴力の分散は、国土全体に均等化された経済成長に潤う中規模都市と農村部を襲った。2004年から2005年にかけての減少にもかかわらず、2017年の全国殺人発生率は10万人あたり30.5人に達し、ブラジルは世界でもっとも暴力的な国トップテンの仲間入りをした。殺人は15-24歳の若者の死因の38%を占めている。ちなみに、1980年にはこの比率は23%だった。若者の犯罪の低年齢化は社会復帰の措置をより困難

にしている。さらに、女性に対する暴力は過去30年のあいだに倍増しており、ブラジルはこの分野でも世界第7位にランクされる。フェミサイド［女

刑務所収容人口

性別 （%）

男性 96.3
女性 3.7

肌の色 （%）

アジア人 1
白人 32
黒人 67

教育水準 （%）

非識字
無学歴
高等教育 1
中学校 6
小学校 8
小学校中退 53
9
23

出典：Nexo；Levantamento Nacional de Informações Penitenciárias de 2014.

暴力と人権

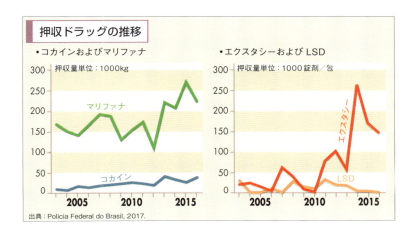

性であることを理由におこなわれる殺人または暴力］発生率は北部の都市でもっとも高く、住民10万人あたり10人にまで達している。配偶者（または元配偶者）による暴力がそのおもな原因だが、こうした犯罪に対する社会的寛容度もまた高いままだ。

効果の薄い犯罪防止体制

　ブラジルは犯罪防止策に関して、とくにサンパウロやリオデジャネイロといった大都市圏で成果をあげてきた。暴力情報システムや地図情報が実用化され活用されている。経済成長にともなうボルサ・ファミリア・プログラムのような社会プログラムや、一部の都市で実施された23時以降のアルコール販売の禁止措置は、犯罪の誘惑を抑止し、下層階級の生活条件を改善してきた。麻薬売買組織の解体も、大都市郊外の暴力発生率を低減させた。しかし、警察組織のプロ意識は向上せず、治安政策決定の国への集中化は州および都市の警察権行使との矛盾をかかえている。2000年には公共保安のための国家統一システム［SUSP］が制定され、個々に独立した警察署の活動を連携させる任務があたえられたが、技

言の葉

復讐のときだ
空腹は憎悪となり
だれかが泣かなければならないのだ
フェヘス『憎悪の実用ハンドブック』リオデジャネイロ、オブジェティーヴァ、2003年、P.41

135

公共政策の挑戦

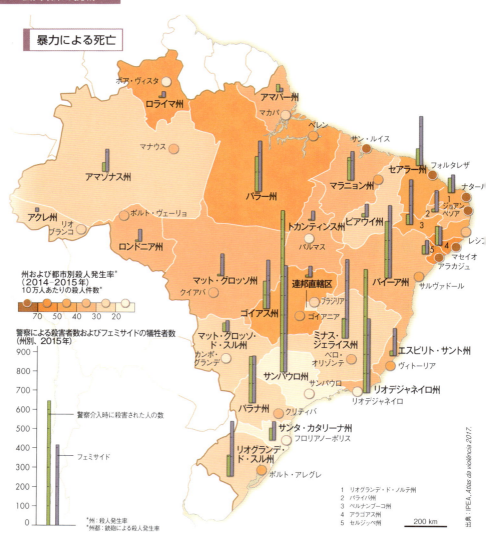

暴力による死亡

術的、人的、予算的な不足に加えて、地域的な情報不足が深刻なハンディとなっている。

人権侵害の取締り

ブラジルの刑法上の欠陥が機動隊および刑務所当局による人権侵害を横行させている。

たとえば、リオデジャネイロのファベーラへの平和維持警察部隊の介入や民兵組織の編成は、現地警察のマフィア化という副産物を生んだ。恐喝、強要、裁判外の執行、さらには地元の活

動家に対する拷問や圧力行為が頻発した。

　暴力の抑制を警察官に対する報償の決定基準にふくめるなどの改革ははじまっている。だがそれは独裁時代につちかわれ、なかなか消えない不処罰特権という役所の風潮にはばまれる。

　刑務所は人権侵害のもうひとつの温床である。1992年、カランジル刑務所（サンパウロ）で起きた虐殺事件の囚人犠牲者は111人にのぼった。それ以降、過去15年間に囚人の数が3倍に増えたにもかかわらず、職員の訓練、宿舎、監視態勢の調整などが追いつい

ていない。拷問、劣悪な生活環境、飲用水の欠乏、性的紊乱、予防拘禁の乱用などはざらにあった。多くの刑務所がサンパウロの「州都第一コマンド」（PCC）のような凶暴なマフィアグループの手中にあった。2012年11月13日、法務大臣のジョゼー・エドゥアルド・カルドーゾはこう発言している。「もしわが国の刑務所で数年をすごせと言われたら、わたしは死を選ぶだろう。ブラジルの刑務所はいまだ中世のままだ」。2017年、国の北部で起きた暴動では、犠牲者は100人以上を数えた。

- **公共政策の挑戦**
  まとめ

20年のあいだに、ブラジルは公共政策の諸分野で進歩をとげた。とりわけ経済政策と貧困撲滅においてめざましい成果をあげた。とはいえ、政府は排除される者の少ない成長モデルを構築すべく、より意欲的な挑戦にとりかからなければならない。

どの指導者も、ブラジル人の精神に浸みこみ、彼らの日常を支配する不平等な社会構造をゆるがすほどの改革は遂行できなかった。不平等はたんに社会的あるいは地理的なものにとどまらず、公共サービスや所有権へのアクセスにもかかわる。

これら高度な不平等はあらゆる形の暴力を生みだし、ブラジル全土に拡散させている。国は闇取引の拡大と不法武装グループの影響を抑えこむのに手を焼いている。

公共政策はさらに、権力のあらゆるレベルにはびこる腐敗によって脆弱化されている。野心的政策が実行に移されるとしたら、それはまず国家機関の根本的な再編成を避けては通れない。しかし、もはやだれも大規模な政治改革を信じる者はいない。それはあまりにしばしば約束され、一時的に議論されはしても、一度として実行されたことはなかったからである。

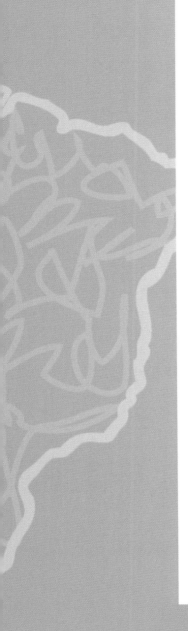

民主主義と世界

　20年にわたる独裁政治のあと、ブラジルは民主主義へと移行し、世界に扉を開いた。経済危機とそれに続く汚職大統領の罷免は、民主主義の最初の数年に汚点を残した。一方、ブラジルはチリやアルゼンチンとは異なり、人権侵害の実行者たちを保護する1979年大赦法を見なおすことはしなかった。

　カルドーゾ、ついでルーラ、ルセフと続く大統領のもとで、ブラジルは離陸した。経済成長と社会的進歩は約束されていた。だが、繁栄は2015-2017年の経済危機によって突然中断される。政治の世界は複雑なままだ。汚職によってひき起こされた代表制の危機はしかし、新機軸の参加型民主主義によって部分的に補完された。ブラジルはラテンアメリカでリーダーシップをとり、南米諸国連合（UNASUR）およびラテンアメリカ・カリブ諸国共同体（CELAC）といった新たな地域的国際機関を発足させる。地域的な影響力に支えられて、ブラジルは世界の新興大国の地位を占め、世界経済の支配に影響力を行使しようとする。ジルマ・ルセフ大統領罷免にともなう政治経済危機により、この野心の具体化は足ぶみを余儀なくされた。

民主主義と世界

軍人のブラジル（1964–1985年）

　1964年から1985年のあいだ、ブラジルはラテンアメリカでももっとも長い独裁政治の時代を経験した。アルゼンチンとチリの独裁に比べるとそれほど血なまぐさくはなかったが、激しい社会運動の高まりのなかで共産主義の危険から社会を浄化するための拷問はおこなわれた。1979年に成立した大赦法により、ブラジルはラテンアメリカで唯一人権侵害の実態に光をあてようとしない国になった。自身も独裁時代に拷問を受けたジルマ・ルセフ大統領は、真実が明らかにされることを望んだ。

独裁と弾圧

　1964年3月31日のクーデタは、冷戦時代の政治的一極集中の空気のなかで起きた。ジョアン・グラールの進歩的政府は左派からの社会運動の対応に追われる一方で、その改革は保守派と軍部の不満を招いていた。政権を奪取した軍部は「革命」を標榜し、共産主義の危険をとりのぞき、腐敗を終わらせ、インフレを抑制し、民主主義を擁護することを公式に宣言した。軍事政権は政界の浄化にとりかかる。50人以上の議員から資格を剥奪し、数千人にのぼる反対派から公民権を奪った。激化する社会運動、とりわけ学生運動の高まりに手を焼いた独裁政権は、1968年「軍政令」第5号（AI-5）を施行し、弾圧を強化した。多くの反対派が拷問にかけられ、殺された。カエ

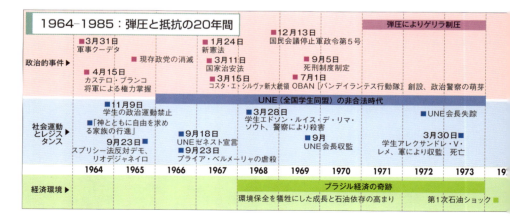

軍人のブラジル（1964-1985年）

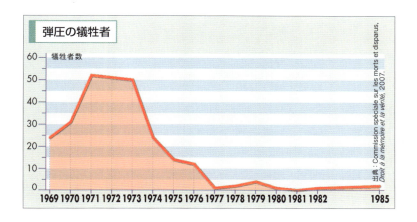

ターノ・ヴェローゾやジルベルト・ジルのようなアーティストたちは国外に亡命した。一方、ゲリラグループが組織され、1969年9月のアメリカ大使誘拐をはじめとする社会の耳目を集めるいくつかの成果をあげた。アマゾン地方のアラグアイア川を中心とする地域では、ブラジル共産党（PC do B）の活動家たちが3年間にわたる抵抗を続けたすえに、軍によって掃討された。

長い「緊張緩和」

奇跡的経済（1968-1973年の15-20％の経済成長）の終焉と1974年のエルネスト・ガイゼル将軍の大統領就任は変化の予兆だった。新大統領は緩慢で段階的な政治的解放を約束する。AI-5は1978年に廃止され、1979年3月、新しい軍人ジョアン・バティスタ・フィゲイレドが大統領に就任する。この頃、サンパウロ郊外で労働者のス

141

民主主義と世界

言の葉

おいで、行こう。待つことは知ることにならない。知る者は行動し、なにかが起きるのを待ってはいない。

ジェラルド・ヴァンドレ『花のことは話さなかったと言わないために』1968年

トライキを指揮する若い指導者がいた。ルーラである。新大統領は民主主義を約束、1979年には複数政党制を認め、1961年以降のすべての政治犯罪を対象にする大赦法を布告した。政敵はこれを歓迎した。軍事政権は直接投票を求める民衆の叫び「ジレッタス・ジャ！」を無視して、1985年まで管理された政権交代を操作しつづけた。

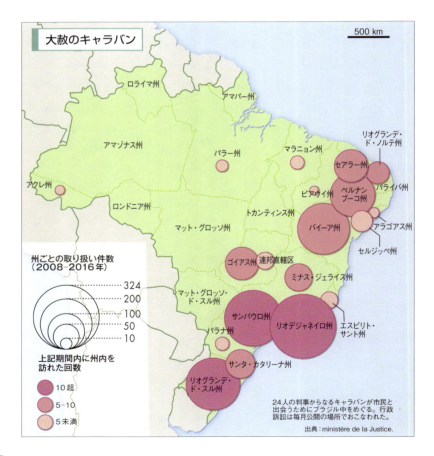

24人の判事からなるキャラバンが市民と出会うためにブラジル中をめぐる。行政訴訟は毎月公開の場所でおこなわれた。

出典：ministère de la Justice.

許しの政治？

1979年の大赦法は人権侵害を適用外ケースとしなかったために、長いあいだ批判されてきた。ルーラをかついで政権についた労働者党（PT）に近い左派の一部のグループは、拷問や行方不明者にかかわった軍人を裁くよう主張した。

しかしながら、2010年、ブラジル連邦最高裁判所は上記の法律があらゆる種類の政治犯罪をふくむと判断した。これに対して突破口を開いたのは米州人権委員会（CIDH）である。同委員会は同じ2010年にアラグアイアのゲリラのメンバー失踪に関連して、米州人権条約を遵守していないという理由でブラジル国家を断罪した。

それにこたえるように、ブラジル政府は2011年情報アクセス法を制定、1946-1988年（独裁政治時代を超えた期間）のあいだに犯された人権侵害事案を調査するための国家真実委員会を発足させた。

すでに2008年から「大赦キャラバン」が全国をまわり、独裁政治の犠牲者たちに訴えの機会をあたえ、「大赦証明書」を交付している。これは犠牲者が国に許しをあたえ、見返りに国が犠牲者にこうむった損害の補償をおこなうためのものである。

民主主義と世界

民主主義の根づき（1985-2015年）

　1985年、権力は市民の手にもどされたが、若い民主主義は生みの苦しみを味わう。成長の約束は国民に民主主義への熱い希望をいだかせたが、新たな指導者たちは困難な経済状況を引き継がなければならなかった。国民の生活条件を改善できないエリートたちの無能は、社会的なフラストレーションを生む。新共和制が安定を見出だすのには、1994年のフェルナンド・エンリケ・カルドーゾの大統領選出を待たなければならなかった。2002年、ルーラの政権就任は民主主義に新たな息吹きをもたらした。しかし、民主的文化の根づきは政治体制の脆弱さをおおい隠すほどにはなっていない。

新共和制

　1979年、軍事政権の解放政策は経済危機を背景に加速する。政党法は複数政党制への回帰を認め、4つの政党が設立された。ひとつは軍事政権に近い民主社会党（PDS）、あとの3つは敵対勢力であるブラジル民主運動党（PMDB）、民主労働党（PDT）そして労働者党（PT）である。1985年1月15日、反対勢力の穏健派タンクレド・ネヴェス（PMDB）が投票者集団による間接選挙で大統領に選ばれて文民政権が成立、21年間続いた軍部支配に終止符が打たれた。しかし、病気であったタンクレドは職務をはたせなかった。彼の死は逆説的ながら民主主義の再生を示すことになり、彼は国民和解の英雄となる。副大統領のジョゼ・サルネイ（PDS）が政権を担当し、新共和制を発足させる。彼は「後進国ブラジルの最後の大統領」となる。サルネイは軍部に近かったが、その軍事政権から引き継いだ荒廃した経済を建てなおすことはできなかった。一方彼は民主的な政治の枠組みの強化に努め、1988年には新憲法が制定される。1989年の大統領選挙で、ブラジル国民は従来の政治家たちへの不満を表明

言の葉

彼は約束し、　約束し、約束した
そしてなにもしなかった…
だが今日おれは満足している
大統領を殺したから
ガブリエル・オ・ペンサドール
『おれは幸せ』（大統領殺し）
1992年

民主主義の根づき（1985-2015年）

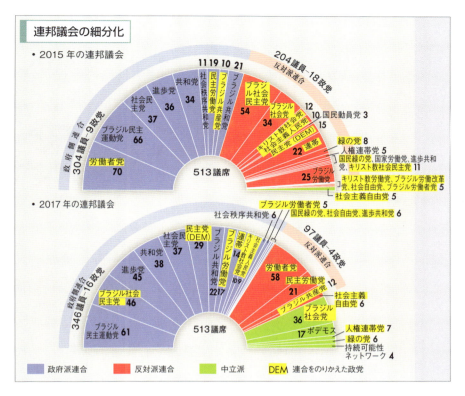

し、2人の新人を決選投票に押しあげた。ルーラ（43歳、PT所属議員）とフェルナンド・コロール（40歳、アラゴアス州知事）である。前者を警戒したエリートたちは、彼を民主的秩序の脅威として喧伝し、コロールの背後に集結した。1989年12月17日、コロールが当選する。

民主主義の定着

コロールの約束はからの貝殻のように響いた。彼のネオリベラルな政策は不平等を増幅し、ブラジル人の民主主義に対するフラストレーションを高めた。コロールは1992年に起きた汚職事件で信用を失墜し、辞任に追いこまれる。若い市場競争型デモクラシーは動揺する。イタマール・フランコが大統領代理をつとめた。1993年、財務大臣フェルナンド・エンリケ・カルドーゾ（ブラジル社会民主党＝PSDB）がインフレ抑制に成功し、経済の安定

民主主義と世界

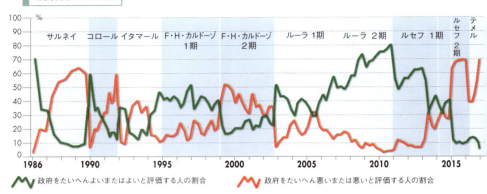

化により政治の鎮静化がもたらされた。1年後、カルドーゾはルーラを向こうにまわして第1回投票で大統領に選出された。彼は1988年にもやはりルーラに勝っている。新共和制下での最初の政権交替は2002年ジョゼ・セラ（PSDB）に対するルーラの勝利によって実現した。ルーラが知識層または経済的エリートの出身ではない最初の大統領になったという意味で、この交替は過去との象徴的な断絶をも意味した。だが、政治的慣行は変わらず、PTは早々に政治システムのなかにとりこまれていく。それでもルーラは2006年に再選される。大衆人気とそのカリスマ性に支えられ、彼は社会プログラムと経済活性化の功績によって感謝決議を受けている。2010年、彼の有力な協力者であったジルマ・ルセフ（PT）がPMDBの決定的な支持を得て国家元首の地位を継ぎ、ブラジルを率いる最初の女性となる（連邦議会

での女性の割合は10%に満たない）。経済リセッションによって弱体化しながらも、ルセフは2014年に再選される。

適応不全の政治システム

1988年に導入されたブラジルの政治システムは厳しい批判を受けた。政党は秩序にとぼしい集票マシーンと化し、思想的な一貫性にとぼしく、権力的地位を得るために状況しだいで離散集合をくりかえす。たとえば、PMDBは1985年以降すべての政権に参加している。選挙戦のルールが党員の細分化を生み、同盟関係の不安定化を招く。私的な選挙資金は法的な枠組みも規制も不十分なため、金権政治的人事や民間企業と公権力との癒着の温床となった。にもかかわらず、いかなる憲法改正も議会の承認なしには着手できない。現行システムの恩恵にあずかっている

民主主義の根づき（1985-2015年）

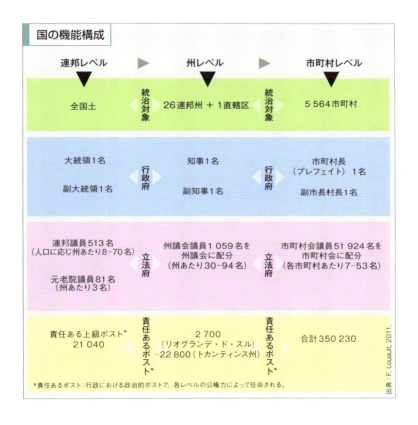

議員に、どうやったら改革意識をもたせることができよう？ 2013年7月、ジルマ・ルセフは議会との対決も辞さぬ覚悟で、国民投票による政治改革を提案したものの、自分自身の支持者たちの圧力にさらされて後退を余儀なくされる。2015年11月、彼女は企業による選挙資金提供を禁じるために拒否権を発動する。数日後、議会による大統領弾劾手続きが開始された。

民主主義と世界

政治の分極化と不安定化 (2015–2018年)

　2015年、ブラジルは非常に不安定な時期に入る。再選されたばかりのジルマ・ルセフはいくつもの困難に直面する。経済は後退局面に入り、汚職の告発があいつぐ。PT（労働者党）に敵対する勢力からは大統領の弾劾要求が出される。政治的な麻痺状態が2年続いたあと、彼女はみずからの権力基盤の裏切りにあい、2016年8月31日議会により罷免される。代行をつとめることになるミシェル・テメル副大統領（PMDB=ブラジル民主運動党）は、選挙による正統性をもたず、また非常な不人気にもかかわらず、明確な保守路線への転換をはかる。政界への不信は高まり、民主制度は弱体化した。

投票の多極化

　2002年、ルーラ（PT）は大統領選挙の第2回投票で61.3%の票を獲得した。彼の得票率には比較的地域差がみられない。ところが、彼の最初の任期（2003–2006）のあいだに選挙地理学的変化が起きる。2006年の選挙では、伝統的に保守系候補に投票してきた最貧困層の選挙民が再分配プログラムに謝意を表したのである。60.8%の得票率で再選されたルーラのもっとも豊かな票田はボルサ・ファミリア（生活保護給付金）の恩恵にもっとも浴した農村部、たとえばアマゾナス州の86%、マラニョン州の84.6%であった。対立候補（アルキミン、PSDB=ブラジル社会民主党）はサンパウロやマット・

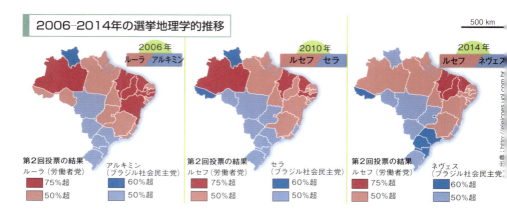

2006–2014年の選挙地理学的推移

政治の分極化と不安定化（2015-2018年）

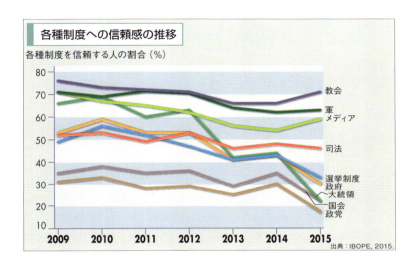

各種制度への信頼感の推移

各種制度を信頼する人の割合（％）

教会／軍／メディア／司法／選挙制度／政府／大統領／国会／政党

出典：IBOPE, 2015.

グロッソの活発な営農地帯で優勢だった。2010年にも同じ傾向が確認された。連続3期の立候補はできないために、ルーラはジルマ・ルセフ（PT）を支持した。彼女は北部および北東部で過半数を超える幅広い支持を得たが、対立候補は南部および中西部でその影響力を広げた。この新しい選挙地理学的傾向は強化され、政治的分極化が顕著になる。ルセフは再選の際に51.6％の得票率でアエシオ・ネヴェス（PSDB）に辛勝するが、ネヴェスは負けを認めず、反PTデモを支持者たちによびかけた。

反PTデモ

ジルマ・ルセフの再選は政治的緊張を高めた。2014年末には、数千の反PT活動家たちによるデモがおこなわれた。この保守派の運動は、ブラジル自由運動（MBL）、「街に出よう」団体（VPR）、反逆オンライン（ROL）といったいくつかのグループを中心に構成した。彼らの目標はさまざまだが、連邦政府からPTを締めだすという目的は一致していた。投票によって政権をとりもどすことは不可能なため、PSDB率いる反対派は景気後退と汚職スキャンダルで弱体化している政府に

言の葉
ブラヴォー　大地主の皆さま方
あんたたちはまたも勝利した
国会はいつも
あんたたちの召使いさ
オス・パラマス・ド・スセッソ『ルイス・イナシオ（300人のペテン師）』1993年

民主主義と世界

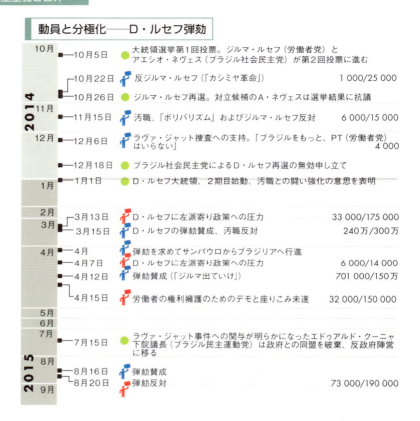

ゆさぶりをかけた。デモは2015年3月15日の240万人から2016年3月13日には360万人にまでふくれあがり、「ジルマ出てゆけ！」「ルーラを刑務所へ！」の叫びが渦巻いた。一方でMBLは、ルセフの弾劾手続きのあいだ（2015年12月–2016年8月）、議員に対するきわめて活発なロビー活動を展開する。PTもデモを組織して巻き返しをはかるが、劣勢にまわりメディアにも黙殺された。

ジルマ・ルセフの罷免

　ジルマ・ルセフと国民会議との関係悪化にともない、2015年初頭から政府機能は麻痺状態におちいり、政治体制内の信頼関係は崩壊する。緊張の激化は同盟関係の基礎も破壊し、2016年4月17日には下院による大統領の職務停止が承認される（全513票に対し367票）。理由は赤字予算を糊塗するために不正会計操作を許可したこととされた。ついで、2017年8月31日、彼女の最終的罷免が上院で可決（全

政治の分極化と不安定化（2015-2018年）

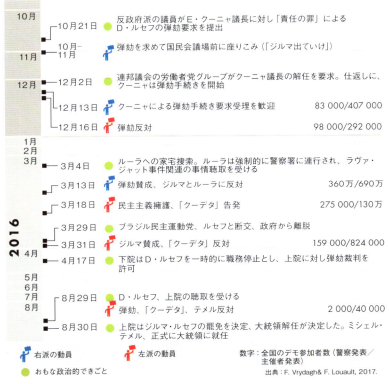

81票に対し61票）された。手続きは合法的であったが、乱暴で恣意的だった。重大な犯罪を犯した大統領を議会が処罰できる民主的なツールであったはずの弾劾が、もともとの精神から逸脱して政治的破壊の道具として使われたのである。議員らはその制度の権威を唖然とするような軽さでおとしめた。2016年4月17日の下院での投票の茶番じみた展開が示すとおりである。これは政治的な分極化を強め、民主制度を弱体化させた。ブラジル人の民主主義への支持率は2015年の54%から2016年の32%にまで下落している。

国は経済危機へとつき進み、GDPは2015年には3.8%の、2016年には3.6%のマイナス成長を記録した。ブラジルのイメージは低下する。ミシェル・テメル（PMDB）大統領代行の政権運営はなんの解決策ももたらさなかった。保守への転換の経済的影響は限定的だった。司法妨害と収賄の直接的関与を問われ、テメルは窮地に追いこまれる。2017年9月の彼の「人気度」は3%に下落、2018年の選挙にそなえて最低限の政治的安定を望む議会にすがるほかに、彼に道はない。

民主主義と世界

ラテンアメリカのブラジル

　長いあいだラテンアメリカで孤立してきたブラジルは、2000年代初頭以降、大陸におけるリーダーシップを発揮し、国際舞台での力量を示しはじめた。まず、南米南部共同市場（MERCOSUR）の枠組みのなかで隣国との自由貿易振興に努めたあと、ブラジル外交はスケールを拡大し、新たな地域主義を南米諸国連合（UNASUR）およびラテンアメリカ・カリブ諸国共同体（CELAC）の創設に求めた。2016年のジルマ・ルセフの罷免により、ラテンアメリカはブラジルのリーダーシップを失い、地域主義は危機におちいる。

国境を接する外国

　チリとエクアドルを除いて、南米のすべての国はブラジルと国境を接している。にもかかわらず、それらの国との関係は長いあいだないに等しかった。広大な自然の境界線（アマゾニア）に守られた巨人は、スペイン語を話すアメリカについて無視を決めこみ、その関心をもっぱら、19世紀になってトラブルの種になる南部の国境にそそいだ。

　アルゼンチンとの最初の協定は、まず1941年（通商協定）に、ついで1961年（政治協定）に調印された。独裁政治の時代（1964-1985）、天然資源開発に注力していた軍事政権は、ふたつの重要な条約をラ・プラタ川流域の国々（1969年）およびアマゾン川流域の国々（1978年）とのあいだで結んだ。パラグアイとも、世界最大

規模のイタイプ・ダム（パラナ川）建設のための協定をかわした。性格は異なるが、軍事政権は隣国（とくにボリビア、チリ、ウルグアイ）のクーデタを支援し、その結果生まれた各国の軍事政権とともに地域の「反乱分子」の根絶を目標にコンドル作戦を遂行した。

　文民統制への回帰はアルゼンチンでは1983年に、ブラジルでは1985年に実現したが、ふたつの国に共通する民

言の葉

歳月はすぎ
恨みは積み重なった
愛は忘れさられ
かくてわれらは異邦人となった
シコ・ブアルキ＆パブロ・ミラネス『ラテンアメリカ統一のための歌』
1973年

ラテンアメリカのブラジル

主主義の未来への懸念から、両国のあいだに多くの協力議定書がかわされた。さらに、1989-1990年のあいだに両国でネオリベラルな大統領が選出されると、彼らはパラグアイとウルグアイをまきこんで南米南部共同市場（メルコスール、1991年）の創設に努めた。

ブラジルの企業にとり、メルコスールは自国の国境線を越えて発展する可能性を見出ださせるものだった。それはしかし、ブラジルがパートナーとの妥協を強いられるという意味で、政府にとっては制約にもなった。いずれにせよ、メルコスールは域内貿易の活性化に大きな貢献をはたした。しかしこうした進歩にも1988-1999年のブラジ

153

民主主義と世界

ブラジル、地域主義推進役

- ジェトゥリオ・ヴァルガス時代
  1期：1930-1945、2期：1951-1954
- **1941** アルゼンチンと自由貿易協定
- **1953** サンティアゴ議定書（アルゼンチン、チリ、パラグアイ、エクアドル、ボリビア、ニカラグア間の経済連合）に反対表明
- デモクラシーの時代 1954-1964
- **1958** 汎米作戦（ラテンアメリカ版マーシャルプラン）の提唱
- **1961** アルゼンチンと友好・協議条約締結
- 独裁の時代 1964-1985
- **1964** キューバとの外交関係破棄
- **1965** アメリカのドミニカ共和国軍事介入への参加
- **1967** アルゼンチンとの関税同盟および政治・軍事協定の計画案
- **1969** ラ・プラタ流域条約
- **1971-73** ボリビア、チリ、ウルグアイでのクーデタへの支援
- **1973** パラグアイとイタイプ協定
- **1973** アルゼンチン―ウルグアイ間の関税同盟に反対
- **1978** アマゾン地域協力協定
- **1979** アルゼンチンおよびパラグアイとの3者協定
- **1980** アルゼンチンと協力議定書
- **1982** マルビナス戦争［フォークランド紛争］でアルゼンチンを支持せず
- デモクラシーの時代 1985年以降
- **1986** アルゼンチン―ブラジル統合のための議定書および12の部門別議定事項
- **1986** アルゼンチン、コロンビア、メキシコ、パナマ、ペルー、ウルグアイ、ベネズエラとリオ・グループ結成を結成
- **1988** アルゼンチンと統合・協力・発展条約
- **1991** アルゼンチン、ウルグアイ、パラグアイとの共同市場（MERCOSUR）
- **2000** 第1回南米12か国サミット（於ブラジリア）および南米地域インフラ統合イニシアティブ（IIRSA）
- **2008** ブラジリア協定：南米諸国連合（UNASUR）
- **2008** サルヴァドール・デ・バイーアで統合と発展のための第1回ラテンアメリカ・カリブ海サミット（CALC）開催
- **2011** ラテンアメリカ・カリブ諸国共同体（CELAC）創設

できごとの性格
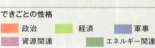
政治　経済　軍事
資源関連　エネルギー関連

ル、2001年のアルゼンチンとあいつぐ危機によってブレーキがかかる。そこで、ブラジル外交は活躍の場を拡大する方向にかじを切り、2000年、第1回南米サミットを開催する。

最先端のインフラ

南米地域インフラ統合イニシアティブ（IIRSA）構想が打ちだされたのは2000年のブラジリアサミットの折だった。美辞麗句に傾きがちなサミット外交の流れを断つように、ブラジルは南米大陸の交易をスムーズにするための広大な交通網建設プランを提案したのである。ブラジル企業は多くの契約を勝ちとった。10年後、その成果は目をみはるものがある。

メルコスールからウナスールへ、そしてセラックへ

2008年、南米諸国連合（ウナスール）条約がブラジリアで調印された。同じ年、ブラジルはサルヴァドールで第1回ラテンアメリカ・カリブ海サミットを開催、3年後にはラテンアメリカ・カリブ諸国共同体（セラック）が発足する。こうしたイニシアチブは、行動範囲を大陸全体に拡大させ、「ポスト商業主義」的行動計画をも包摂する新たな地域主義への刷新を可能にした。インフラ、国防、治安、通貨、市民性、環境、社会正義といったテーマ群は、商品の自由な流通という目的に置き換えられた。

ウナスールはブラジルにとりみずからがリーダーシップをにぎることができる影響範囲の囲いこみを意味したが、

一時期ベネズエラによる異議申し立てを受けたことがあった。ベネズエラは2000年代米州ボリバル同盟（ALBA）を結成、急進左派政権の国々を糾合し、あからさまな反米外交を展開した。ブラジルはその抑制的外交とプラグマティズムによって、最終的には彼らのカラーを受け入れ、そのかわり危機的状況には迅速に対応できるような枠組みを構築した。たとえば、2008年のボリビア（同国の東部地方の分離運動と激しい衝突）や2010年のエクアドル（コレア大統領に対する警官蜂起）の危機などがあげられよう。

ブラジルはまたウナスールのなかにきわめて異質な大統領をとりこむことにも成功した。筆頭はコロンビアのアルバロ・ウリベ（右派）とベネズエラのウゴ・チャベス（左派）である。

セラックでは逆に、ブラジルはラテンアメリカのもう一方の覇者メキシコと激しい競争を強いられた。ジルマ・ルセフは早々に直面した内政危機に外交の足元をすくわれ、リーダーを失ったラテンアメリカは、2016-2017年のベネズエラの独裁的逸脱に対応することができなかった。

民主主義と世界

国際的プレゼンスの強化

　20世紀を通じて、ブラジルの外交政策は政治的独立を守りつつ経済的発展を確保したいとする歴代政権の意思を反映してきた。ルイス・イナシオ〝ルーラ〟・ダ・シルヴァ政権のあいだ、この目標は対外関係の多様化を通じておしすすめられた。ヨーロッパとの古い絆を忘れることなく、ブラジルは多国間主義に軸足を置き、国際機関における積極的戦略を遂行し、アフリカをはじめとする新興国家とともに南－南協力を推進した。そのあとを継いだジルマ・ルセフは国際関係に同じレベルの優先性を認めず、ブラジルの国際的影響力は後退する。

多国間主義外交の伝統を有する国

　1919年の国際連盟（LN）の原加盟国であったブラジルは、1944年のブレトン・ウッズ会議や国際連合（UN）設立を定めた1945年のサンフランシスコ会議を通じて、大戦後の多国間主義の構築に積極的に参加した。ブラジルはまた、1964年の国際連合貿易開発会議（UNCTAD）の設立にも貢献している。いまブラジルは国連の安全保障理事会常任理事国の席を要求している。世界の大国とならぶ席を獲得するために、ブラジルは国連の数多くの平和構築ミッションに参加し、ハイチではそのひとつを指揮している。イラン問題やパレスティナ／イスラエル紛争あるいはキューバの人権問題をめぐって、ブラジルはかならず不介入を唱え西側諸国との軋轢を生んでいるが、ルーラ・ルセフ時代の外交方針、すなわち伝統的パートナーであるアメリカと、それほどではないにしてもEUとの対決は、「友好的」であるべきだとの立場はつらぬいている。

新たな南－南軸、対立あるいは抗議？

　ブラジルのほかの新興諸国との協力関係は、同国の外交的要求の枠組みに

言の葉

「アフリカ
ぼくの国のゆりかご
嘆きの声が聞こえる」
ミルトン・ナシメント
『南からの涙』1985年

国際的プレゼンスの強化

ブラジルと南－南連帯

G77	**1964**
▶UNCTADの枠組みのなかで設立、131か国のメンバーを擁し、開発途上国の集団的利益保護をめざす。	
G24	**1974**
▶IMF（国際通貨基金）において開発途上国を代表するためにG77によって設立。	
G15	**1989**
▶非同盟国によって設立され、貿易および金融問題を取り扱う。	
BRIC ブラジル、ロシア、インド、中国、南アフリカ	**2001**
▶ゴールドマン・サックスが2040年にはG6のGDPに比肩しうるまでに成長する経済新興国としてこのネーミングを使用。	
メガ多様性国家グループ（**LMMC**）	**2002**
▶1992年リオ地球サミットで採択された生物多様性条約（CBD）をめぐる交渉における政治協議フォーラム。	
IBASまたは**G3** インド、ブラジル、南アフリカ	**2003**
▶アジェンダ：科学およびテクノロジー、情報社会、保健、輸送および観光、エネルギー、社会的公平性と経済成長、貧困と飢餓との闘いのための基金。	
G20貿易部会または**G20C**	**2003**
▶メンバー23か国、 アメリカおよびEUに対し農産物の貿易自由化を主張。 ブラジルは先進国の国内農業に対する補助金のより徹底的なカットを提案。	
ASPA 南米・アラブ首脳会議	**2005**
▶アジェンダ： 多国間関係、文化・経済協力、国際金融制度、持続可能な発展、南－南協力、化学・テクノロジー交流、飢餓と貧困との闘い、社会問題。	
ASA 南米・アフリカ首脳会議	**2006**
▶アジェンダ：平和と安全、農業と輸出用大規模農業、商業と投資、貧困との闘い、水資源、インフラ整備、エネルギー。	

出典：Source：Élodie Brun.

も合致する。知的所有権をめぐるインド、ブラジル、南アフリカのIBASフォーラムは2003年にはじまった。BRIC（ブラジル／ロシア／インド／中国）は2003年にゴールドマン・サックスがこれらの国の成長を見越して使いはじめた頭字略語だが、2009年には諮問フォーラムに形を変え、2011年には南アフリカがこのグループに合流した。世界貿易機関（WTO）では、2003年のG20設立にあたって、アメリカおよびEUの農業分野の保護主義に対し新興国の利益保護のためにブラジルは提唱国となった。2013年、この多国間主義の機関でブラジルがはたした功績が評価され、同国の外交官ロベルト・アゼベドがWTOの事務局長に選出された。財政面では、ブラジルは1990年代末から非公式に開かれてきたG20に参加しており、2008年以降アメリカ、中国、欧州連合とともに危機管理の討議に加わり、世界経済のガバナンスの修正をめざしている。

民主主義と世界

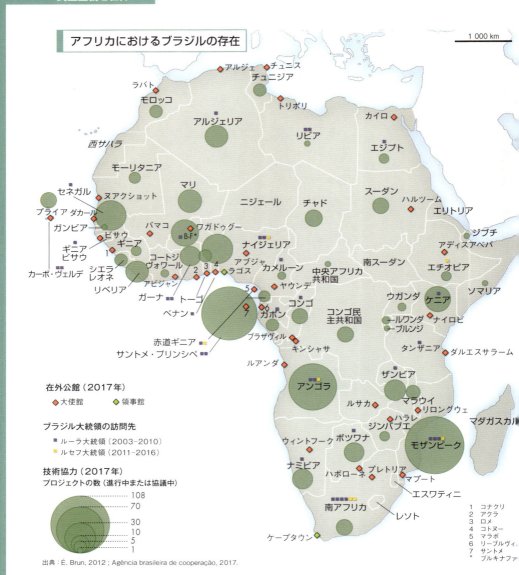

アフリカにおけるブラジルの存在

在外公館（2017年）
- 🔶 大使館　🟢 領事館

ブラジル大統領の訪問先
- 🟪 ルーラ大統領（2003-2010）
- 🟨 ルセフ大統領（2011-2016）

技術協力（2017年）
プロジェクトの数（進行中または協議中）
108 / 70 / 30 / 10 / 5 / 1

出典：É. Brun, 2012 ; Agência brasileira de cooperação, 2017.

1 コナクリ
2 アクラ
3 ロメ
4 コトヌー
5 マラボ
6 リーブルヴィ.
7 サントメ
* ブルキナファ

アフリカの国ブラジル

ルゾフォニア［ポルトガル語を話す地域］の世界、とりわけアフロルゾフォニアはブラジル外交のもうひとつの優先テーマである。文化外交の枠組みのなかでこれらの国との協力プログラムが進められるのは、一部国民のアフリカのルーツに配慮するためである。2003年、ブラジリアはアフリカの5

国際的プレゼンスの強化

か国をふくむポルトガル語の国の共同体構想を提案した。2003年から2010年のあいだに、ルーラ大統領は9回を下らないアフリカへの外交訪問をおこない、文化、社会、経済分野での協力

合意書を署名し、新たに16か所の在外公館を設置した。この活動はジルマ・ルセフによって中断される。2011年から2016年のあいだ、彼女はアフリカを3回訪問しただけだった。

民主主義と世界

スポーツの大イベント

　2012年から2016年のあいだに、ブラジルはサッカーのワールドカップ（2014年）とオリンピック（2016年）という一連の世界的なスポーツイベントを迎えた。むずかしい政治状況にもかかわらず、ブラジルは約束を守り、試合の展開をさまたげるような大きなできごともなかった。しかし短期的な経済的、スポーツ的問題はさておいても、これらのイベントの開催は成長の芽を摘みとったできごと、あるいは民意との盛大なミスマッチとして記憶されることになるだろう。湯水のように投入された資金は、とくに決定者と投資家とを潤し、その陰で都市統合と社会的発展の論理が犠牲になった。

開催への抗議

　国際舞台での国威発揚のために、ブラジルはスポーツ外交をくり広げた。指導者たちは夢を追い、社会問題への関心は希薄だった。2014年ワールドカップを準備するためのインフラ費用は54億ユーロ以上にのぼり、そのうち22億ユーロはスタジアムの改修にあてられた。2017年に集計された実際のコストは2010年の予算を55%も上まわっていた。都市整備のために土地収用の対象となった住民は1万3588人にのぼる。為政者たちの野心は国民が必要としているもの、あるいはその期待とはかけ離れていた。2013年6月、サッカーのコンフェデレーションズカップ開催中に、大規模な抗議デモが起こった。デモ参加者たちはとりわけ予算の暴騰、汚職など、大イベントの運営状況を問題にしたの

である。ある者は「FIFAの規格よりも病院と学校を」と声をあげ、ほかの者は「ネイマールよりひとりの先生のほうが貴重だ！」と叫んだ。ワールドカップ開催に賛成するブラジル人は、2008年には79%だったが、2014年にはわずか48%にまで落ちこんだ。

言の葉

**われはブラジル人
絶対にあきらめない
われらはチャンピオン**
ジ・サレス『われらブラジル人』
2014年ワールドカップにのぞむ
ブラジルの公式賛歌　2014年

スポーツの大イベント

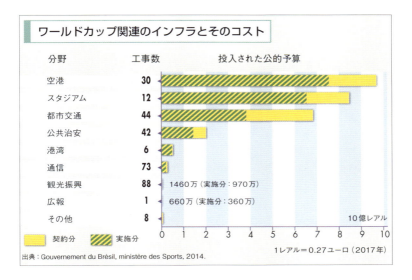

マラカナンの悲劇（マラカナッソ）からミネイロンの惨劇（ミネイラッソ）まで

　ブラジルで第4回ワールドカップが開催されたのは1950年のことである。実質的な決勝戦となる試合が7月16日リオデジャネイロのマラカナン・スタジアムでおこなわれた。20万人の観客の前で、ブラジルは先制点を奪いながら、2-1でウルグアイに敗北を喫する。これが「マラカナンの悲劇」またはマラカナッソとよばれるできごとである。社会学者ホベルト・ダ・マッタによれば、それは「ブラジル現代史で最大の悲劇」であった。64年後、2度目のワールドカップを迎えるブラジルは、マラカナッソの記憶をリセットしてくれる大会になることを確信していたはずだ。しかし、2014年7月

民主主義と世界

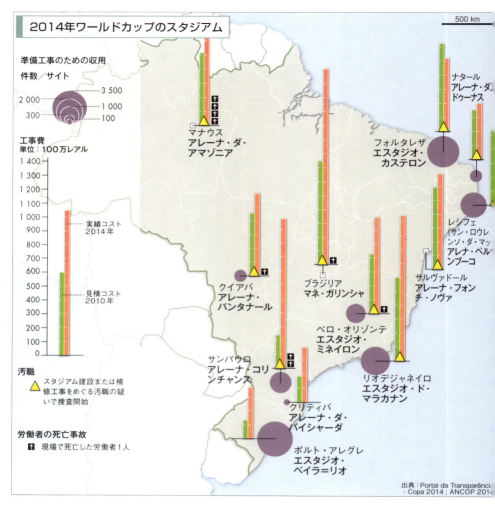

　8日、ブラジル代表は歴史上最悪の屈辱を味わうことになる。5万8000人の観客と4億2800万人のテレビ視聴者の前で、彼らは準決勝でドイツに惨敗（7-1）を喫したのである。試合がおこなわれたのは、ベロ・オリゾンテのミネイロン・スタジアムだった。ミネイラッソ（ミネイロンの惨劇）はマラカナッソについで、ブラジルのスポーツ史の悲劇リストに加わることになる。とはいえ、セレソン・ブラジレイラ［ブラジル代表］はワールドカップを5回制覇し（1958、1962、1970、1994、2002）、世界でもっとも多くのタイトルを獲得したナショナルチームである。そして2016年8月、彼らは

ついにブラジルの受賞歴に唯一欠けていたタイトルを手にした。五輪の金メダルである。

オリンピックの呪い

2016年8月5日から21日にかけて、リオデジャネイロは険悪な政情のなかでオリンピックを迎えた。ジルマ・ルセフはすでに職務停止処分を受け――最終的な罷免は8月31日――、かわりにミシェル・テメル大統領代行が開会を宣言し、観衆の口笛のブーイングを浴びた。スポーツの観点から見ると、メダル獲得数では歴史的な記録（金7個をふくむメダル19個）を残したものの、スポーツ大国ランキングでは13位にとどまった。オリンピックの祭典が経済的、社会的な影を落とすのに時間はかからなかった。2016年末

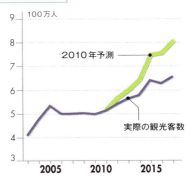

観光客の予測

出典：Ernst & Young / Fundação Getúlio Vargas,2010 ; Ministério do Turismo, 2017.

にはすでにリオデジャネイロ州とその州都は膨大な借金にいきづまり、危機的状況に突入する。公務員の給料は数か月にわたって支払われず、貧困と不平等は拡大し、治安は悪化した。2017年9月、治安回復のためにロシーニャをふくむファベーラ［スラム街］に軍隊の介入が要請された。

● 民主主義と世界
まとめ

1990年中葉から、ブラジルはかつてないほどに力強い民主化の歩みを見せてきた。まず、フェルナンド・エンリケ・カルドーゾの政権時代（1995-2002）に実現した経済の正常化で、政治の安定がもたらされる。ついで、2002年10月の大統領選挙で、この国の政治史に象徴的な区切りを示すできごとが起きた。ルーラという名の、経済的または知的エリートの出身ではない最初の大統領が誕生したのである。2010年のジルマ・ルセフの大統領就任は、それにおとらぬ歴史的なできごとであった。独裁体制時代にはゲリラとして武装闘争に参加し、拘禁され拷問を受けた彼女が、この国を治める最初の女性となったからである。

ブラジルは顔を変え、近代化する。たとえ、政治の世界がいまだに伝統的なエリートたちの影響下にあるとしても。

国内改革の困難さは、ブラジルの国際舞台での存在感とは対照的である。慢性化した停滞感のなかで、ルーラ新政権下のブラジルはなみはずれたバイタリティーを発揮した。世界というチェス盤の上で、ブラジルは臆することなく──しかし十分な用心をして──ポーンを動かした。

議会によるルセフ大統領の弾劾は、汚職捜査にブレーキをかけるための工作とみられたことから、また新たな亀裂を残した。このできごとは、ブラジル政界がいかに犯罪活動に汚染されているかを示した。

● おわりに

新興国家を待つのは
ダイビングか
バウンドか？

　1941年にはすでにシュテファン・ツヴァイクが「未来の国」とよんだブラジル、この国ははたして世界の大国になったのだろうか？　社会歴史学者のジャック・ランベールが「新しい世界の大国がブラジルに生まれる」（1946年）と言ったように、ブラジルは第2次世界大戦の夜明けにこの国に託されたあらゆる希望をかなえることができたのだろうか？

世界の大国

　ルーラの時代、すべてはそうであるかに見えた。ブラジルはインドおよび中国と新たな成長地図を分けあっていた。2011年にイギリスを抜いて世界で6番目の経済大国になるまでの2000年代、ブラジルは来たるべき新国家間主義の旗手としてだれもが認めるアクターだった。自国の潜在的可能性を自覚したブラジルは、ラテンアメリカをまきこみ、アフリカとアラブ諸国をふくめる南−南軸に沿った国際関

係の再均衡化(リバランス)への道を進んだ。

力強い経済成長と急速な社会的進歩の黄金の10年（2003-2013）は、ブラジルに世界の問題に関与することを可能にした。アルゼンチンと同じ人口を貧困から抜けださせ、不平等もいちじるしく改善した。2000年代のルーラ大統領の国際的な名声がそれ以外を補った。ブラジルは穏健で友好的、アメリカとも対等に語りあえる大国のイメージをあたえ、投資家の信頼を勝ちえた。

ルーラの政策を引き継いだジルマ・ルセフ大統領は、ポジティブ・アクション［積極的差別是正］政策を掲げ高等教育へのアクセスの不平等を是正し、軍事独裁政権（1964-1985）の終結から４半世紀たったこの国で、過去との和解をめざす「記憶の政策」を推進した。残念なことに、経済危機と数多くの汚職事件は、ブラジルの進歩がいまだに未成熟な段階にあることを示した。2016年のルセフ罷免の結果、国のかじ取りはふたたび保守的な旧エリートたちの手にもどされたのである。

ブラジルはリバウンドできるか？

2016-2017年の深刻な不況は、「ルーラ・モデル」の成長のもろさを露呈した。消費ブーム、中国向け輸出によって顕著になった経済の１次産業化、慢性的な工業の競争力不足、教育とインフラの質の低さ、複雑で懲罰主義的な税制度、つねに後まわしにされる政治改革…。2000年代に「日の出の勢い」のブラジルをあおったメディアは、こうして反復する問題の深刻さに気づくだけの能力をかならずしももちあわせていなかった。

ゆきすぎは今日では逆方向のモメンタムとして働いている。テメルのブラジル（2016-2018）は機会を逃しつづける国に逆もどりし、「未来の国」は永遠に到来しない。しかしながら、政治システムに対する広範な真相究明の捜査は着手された。もはやブラジル人は捜査や裁判でなにが明らかになっても驚かない。ただ、有力な財界人や権勢を誇る政治家たちが禁固刑に処せられるということは、これまであまりなかったことである。そこには、司法の独立とデモクラシーの活力の明らかなサインを読みとることができる。

付録

ブラジルと音楽

ブラジルの音楽は無限の創造性からわきでる喜びだけではない。それはまた混血の大陸国家の合わせ鏡でもある。ブラジルの作詞家や作曲家は、ある意味でそれぞれの時代のスクリプターをつとめてきた。彼らの作品は往々にして教科書には出てこないもうひとつのブラジルを語る。本書をしめくくるにあたり、夢見心地に誘いつつも歴史を照射するブラジル音楽の珠玉のレパートリーを終止符に用いることは意味あることと思われる。

たとえば、『三つの民族の歌』（P.18）はこの国を拓いたインディオの苦しみと、それに続く黒人奴隷や被差別白人の嘆きをサンバのリズムにのせて歌う。陽気なリズムにのせた悲しみの歌、心をとらえる哀歌はそれだけでブラジルの真の建国者たちのパラドックスをすべて表出する。ミルトン・ナシメントもまたブラジルのルーツ、アフリカとその苦しみを『南からの涙』（P.156）で歌った。

ブラジルの偉大な歌手たちは、しばしば歴史上の重要なできごとに想いをよせる。たとえば、『5月13日』（P.22）で奴隷解放を歌詞にしたカエターノ・ヴェローザのように。

ブラジルの文化的表現の豊かさをたた

える曲も多い。アルナルド・アントゥネスは文化への賛歌を書いた（『文化』P.82）。ブラジル・ポピュラー・ミュージック（MPB）のレジェンドのひとりシコ・ブアルキは『仮面舞踏会の夜』でカーニバルを歌い、詩人で外交官でもあったヴィニシウス・ヂ・モライスは『サンバ・ダ・ベンサォン』（P.95）のなかで、サンビスタ（サンバのアーティスト）への宗教性あふれる賛美を捧げている。サンバはまた、カエターノ・ヴェローゾが『サンバがサンバであったときから』（P.78）でも歌い、ルシアーナ・ソウザが『マダムと言い争ってもむだ』（P.27）で、民主的だからという理由で退廃の烙印を押されたこの音楽に対するリオのブルジョワ階級の逃げ腰を笑ってみせる。トン・ゼーは、ジョアン・ジルベルトがボサノヴァを発明し、ブラジルを世界的文化の天空へと押しあげようとした1958年の歴史的曲がり角を揶揄してみせる（『空が落ちた』P.101）。

ほかのミュージシャンたちは、もっと軽い調子で伝統や生活ぶりを歌った。たとえばアントニオ・カルロス・ジョビンとヴィニシウス・ヂ・モライスは、イパネマ海岸の娘たちにうっとりとして、世界的に知られることになる『イパネマの娘』（P.86）を世に送りだす。ゼッカ・バレイロは美容院通いに夢中の女性たちをからかって歌う（『サロン・ジ・ベレーザ［美容院］』P.118）。ミルトン・ナシメントはサッカーの試合を伝統的に楽しむほうを選ぶ（『ここはサッカーの国』P.90）。

ブラジルの音楽家たちがそのダイナミ

ズムとユーモアを忘れることはまずない。しかし、彼らの多くはまたそれぞれの時代の政治、社会問題への感受性を明らかにし、政治的姿勢を表明する。直接的なよびかけから、ラッパー的表現、独裁的状況のなかでより微妙な隠喩まで形はさまざまだ。

　検閲が厳しかった1960年代の歌手たちの反逆は、婉曲的な表現をとった。こうして、『花のことは話さなかったと言わないために』（P.142）というタイトルのプロテストソングが生まれた。民主主義の時代が到来すると、ふたたび手に入れた表現の自由により、ラッパー、マルセロD2は欺瞞を糾弾するきわめて個人的な手紙を大統領に宛てる（『大統領への手紙』P.49）。一方で、同世代のガブリエル・オ・ペンサドールは「大統領を殺した」とうそぶいてみせる（『おれは幸せ』P.144）。その1年後、ロックグループのオス・パララマス・ド・スセッソは議会に席を占める「300人のペテン師」を槍玉にあげる（『ルイス・イナシオ（300人のペテン師）』P.149）。一方、ファシ・ダ・モルチのグループは同じように批判的な調子で、メディア権力によって流される偏向した消費社会番組に無抵抗な視聴者を告発する（『テレビジョン』P.104）。伝説のラップグループ、ハシオナイスMc's は、詩篇の形を借りて暴力に関する長い思考を綴った（『詩篇第4篇、第3節』P.114）。サンパウロのもうひとりのラッパー、ラッピン・ウッジは、サンバとヒップホップをまじえながらファ

ベーラ［スラム街］を愛着とやさしさをこめて歌いあげている（『ファベーラ』P.122）。反対に、ハードロックグループのハトス・ヂ・ポラォンは貧困への怒りを吠えたてた（『貧困』P.110）。

　シコ・ブアルキのようなスターミュージシャンも、土地なし農民の闘いを支持するアルバムを出すことで、自分の社会的立ち位置を表明している（『アセンタメント』P.126）。

　そして、本書にしばしば引用されている天才トン・ゼーは、ほとばしるような革新的音楽と詩のエッセンスを、ときにばかげたあるいは破壊的なアイロニーをこめて提示する。1968年の第4回ブラジルポピュラー音楽祭での彼の勝利は、軍事独裁政治下での若者たちに忘れがたい喜びのときをあたえた。今日では、『いつわりの通貨』（P.68）を通じて石油のない世界でも豊かなブラジルを約束し、アナ・カロリーナとの共演ではブラジルの腐敗を告発し（『腐敗したブラジル』P.131）、『サン サン パウロ』（P.42）で、狂気とやさしさとを調和させる800万都市サンパウロにオマージュを捧げる。

　OPALCのサイトでは、これらの楽曲の主要な演奏と補完的な更新情報を提供している：

www.sciencespo.fr/opalc/node/1008

*「言の葉」で引用されている楽曲は、上記サイトでタイトルを検索しビデオで鑑賞することができる。

参考文献

ブラジルに関するフランス語文献

Buarque de Holanda, Sérgio, *Racines du Brésil*, Paris, Gallimard, 1998 (1936).

Cabanes, Robert, *Travail, famille, mondialisation. Récits de la vie ouvrière*, São Paulo, IRD-Karthala, 2002.

Claval Paul, *La Fabrication du Brésil. Une grande puissance en devenir*, Paris, Belin, 2004.

Claval, Paul, *Le Brésil*, Paris, Cavalier Bleu, collection Idées reçues, 2009.

Dabène, Olivier, *Exclusion et politique à São Paulo. Les outsiders de la politique au Brésil*, Paris, Karthala, 2006.

Delcourt, Laurent (org.), *Le Brésil de Lula: un bilan contrasté*, Paris, Syllepses, 2010.

Droulers, Martine, *Brésil : une géohistoire*, Paris, PUF, 2001.

Droulers, Martine, Broggio, Céline, *Le Brésil*, Paris, PUF, coll. Que sais-je ?, 2008.

Droulers, Martine, Le Tourneau, François-Michel (dir.), *L'Amazonie brésilienne et le développement durable*, Paris, Belin, 2011.

Ferréz, *Manuel pratique de la haine*, Paris, Éditions Anacona, 2009

Freyre, Gilberto, *Maîtres et esclaves. La formation de la société brésilienne*, Paris, Gallimard, 1952.

Furtado, Celso, La *Formation économique du Brésil de l'époque coloniale aux temps modernes*, Paris, Mouton, 1972.

Gervaise, Yves, *Géopolitique du Brésil. Les chemins de la puissance*, Paris, PUF, 2012.

Goirand, Camille, *La Politique des favelas*, Paris, Karthala-CERI, 2000.

Gret, Marion, Sintomer, Yves, *Porto Alegre. L'espoir d'une autre démocratie*, Paris, Éditions La Découverte, 2002.

Lambert, Jacques, *Le Brésil: structure sociale et institutions politiques*, Paris, Armand Colin, 1953.

Mendes, Candido, *Lula, une gauchequi s'éveille*, Paris, Descartes et Cie, 2004.

Monbeig, Pierre, *Le Brésil*, Paris, Presses universitaires, 1954.

Morazé, Charles, *Les Trois Âges du Brésil*, Paris, Armand Colin, 1954.

Murilo de Cavalho, José, *Un théâtre d'ombres. La politique impériale au Brésil (1882-1889)*, Paris, MSH, 1990.

Picard, Jacky (dir.), *Le Brésil de Lula. Les défis d'un socialisme démocratique à la périphérie du capitalisme*, Paris, Karthala, 2003.

Rolland, Denis (org.), *Pour comprendre le Brésil de Lula*, Paris, L'Harmattan, 2004.

Rouquié, Alain, *Le Brésil au XXIe siècle. Naissance d'un nouveau grand*, Paris, Fayard, 2006.

Théry, Hervé, *Pouvoir et territoire au Brésil. De l'archipel au continent*, Paris, MSH, 1995.

Théry, Hervé, *Le Brésil*, Paris, Armand Colin, 4e éd., 2000.

Van Euwen, Daniel (dir.), *Le Nouveau Brésil de Lula*, Paris, L'Aube, 2006.

Zweig, Stefan, *Le Brésil, terre d'avenir*, Paris, Éditions de l'Aube, 1998 (1941).

ブラジルに関する雑誌記事

Dossier «Brésil, un géant s'impose», *Le Monde*, hors-série n° 21, 2010.

Dossier «Le Brésil», *L'Histoire*, n° 366, juillet 2011.

Dossier «Brésil: l'autre géant américain», *Questions internationales*, La Documentation française, n° 55, 2012.

Dossier «Géopolitique du Brésil», *Revue diplomatie*, Les Grands Dossiers n° 8, avril-mai 2012.

年表

植民地時代

1500 ペドロ・アルヴァレス・カブラル、ポルト・セグーロ（サルヴァドール・デ・バイーア南方）に上陸

1532 最初のアフリカ奴隷到着（アフリカ人350万人がブラジルに運ばれた）

1549 サルヴァドール・デ・バイーアを首都とする（1763年まで）

1630 最初の奴隷の反乱（キロンボ）

1763 リオデジャネイロ、新首都になる（1960年まで）。インディオの奴隷制度廃止

1789 ミナスの陰謀：ポルトガル王室の圧政に反対する民衆蜂起

1808 ポルトガル王室、ナポレオン軍をのがれリオデジャネイロに亡命

1815 ポルトガル・ブラジルおよびアルガルヴェ連合王国を宣言

ブラジル帝国

1821 ジョアン6世ポルトガルに帰還。息子の王太子ドン・ペドロが植民地における執政を担う

1822 ドン・ペドロ、ブラジルの独立を宣言、皇帝を名のる

1825-27 ラ・プラタ支配をめぐるアルゼンチン－ブラジル戦争

1831 ドン・ペドロ、息子に譲位

1865-70 パラグアイとの戦争

1888 5月13日付け黄金法により奴隷制度廃止

1889 第1次共和制布告（旧共和国）

第1次共和制（旧共和制）

1891 ブラジル合衆国（政教分離の連邦共和国）創設

1930 クーデタ（1930年革命）

ジェトゥリオ・ヴァルガスの独裁主義的近代化

1930 クーデタによりジェトゥリオ・ヴァルガスが政権をにぎる

1932 女性参政権。秘密投票導入

1937 ジェトゥリオ・ヴァルガス、エスタード・ノヴォ［新国家］を制定、独裁体制を敷く

1942 ドイツとイタリアに宣戦布告

1945 ジェトゥリオ・ヴァルガス政権、将軍団により転覆

政党民主主義

1950 ジェトゥリオ・ヴァルガス、投票により共和国大統領に復帰。ブラジル、ワールドカップ開催国となるも決勝戦でウルグアイに敗北

1954 ジェトゥリオ・ヴァルガス自殺

1955 ヴァルガスの後継者ジュセリーノ・クビチェック、共和国大統領に選ばれる

1960 新都市ブラジリアへ遷都

軍事独裁政権

1964 軍事クーデターによりカステロ・ブランコ将軍が権力掌握

1965 現存政党の解散と二党制（軍事政権の支持政党と容認された反対政党）の導入

1968 軍政令第5号により独裁権力を軍事政権に付与。ブラジルの「奇跡的経済成長」はじまる（1973年まで）

1974 経済成長の減速、軍部の内部分裂。軍事政権の国内融和政策はじまる

1978 ルイス・イナシオ・゛ルーラ゛・ダ・シルヴァ率いる組合による最初の大規模労働者ストライキ

1979 石油ショック。政治体制の解放加速。大敷法、政治亡命者の帰国

1980 労働者党（PT）設立

1982 複数政党制の復活

1983 労働者単一センター［中央労組］設立

1984 土地なし農民運動（MST）結成

1985 文民政権復帰

新共和制

1988 新憲法。ブラジル社会民主党（PSDB）設立

1989 フェルナンド・コロール・デ・メロ大統領就任

1991 アスンシオン条約、メルコスール創設

1992 フェルナンド・コロール・デ・メロ大統領罷免、イタマール・フランコが大統領代理をつとめる

1993 フェルナンド・エンリケ・カルドーゾ財務大臣によるインフレ抑制策「レアル・プラン」

1994 カルドーゾ（PSDB）、ルーラを破り大統領に就任

1998 経済危機。カルドーゾ、ルーラを破り再選

2002 ルーラ（PT）、共和国大統領に当選

2005 「メンサラン」（毎月の高額手当て）汚職スキャンダルPT政権を直撃

2006 ルーラ、大統領に再選

2010 ジルマ・ルセフ（PT）、ジョゼ・セラ（PSDB）を破り大統領に就任

2011 経済後退局面に入る

2014 サッカー・ワールドカップ開催。ルセフ大統領、アエシオ・ネヴェス（PSDB）を破り再選

2015 新たな汚職スキャンダル（ラヴァ・ジャット）

2016 夏期オリンピック・リオデジャネイロ大会開催。D・ルセフ、議会により罷免。ミシェル・テメル、2018年まで大統領代行をつとめる

索引

BRIC 157
G20 157
SESC（商業連盟社会サービス）
　83

アイルトン・セナ 90
アフリカ 14, 57, 156, 158
アマゾニア 26, 38, 54, 64, 72-5,
　152
アメリカ 26, 31, 48, 56, 58, 60, 63,
　71, 120, 121, 140, 156, 157
アラブ世界 60, 63
アルゼンチン 57, 59, 93, 110, 115,
　139, 140, 152, 154, 165
イパネマ 86, 88
イパネマの娘 86, 87
移民 26, 43
インディオ（原住民） 14, 16, 95
ウナスール 154-5
エタノール 58, 68, 69
オスカー・ニーマイヤー 41
オリンピック 89, 123, 160

カトリック 95, 97, 98
カーニバル 9, 36, 78-81, 95, 100,
　166
カフェ・コン・レイテ（カフェオレ共和
　国） 26
カポエイラ 77, 78, 79, 86, 90, 100
カンドンブレ 95
教育 31, 82, 94, 106, 109, 111,
　114-6, 165
キロンボ 18-21
グローボ 88, 104-7
軍部（軍事） 19, 26, 27, 31,
　114-5, 118, 140-3, 144, 152
経済ブーム 52-5, 110
黒人 14, 16, 17, 21, 35, 82, 91,
　114, 117, 122, 166
国連安全保障理事会 156
コパカバーナ 27, 86, 88
コーヒー 24, 26, 48-9, 58, 60
混血 34, 78, 90

再生可能エネルギー 68-71
サッカー 72, 89, 90-4, 160

サッカー・ワールドカップ 89, 123,
　160-3
サトウキビ 16, 48, 68
サルヴァドール・デ・バイーア 16,
　18, 39, 86
参加型民主主義 139
サンバ 27, 36, 53, 61, 78-81, 86,
　90, 95, 100-1, 124
サンパウロ 26-8, 34-5, 37, 42, 48,
　52, 54, 65, 68, 92-3, 107, 114,
　116, 118, 122, 131-2, 134-7,
　141-2, 148, 162
ジェトゥリオ・ヴァルガス 10, 29,
　30-3, 34-5, 52, 79, 154
シコ・ブアルキ 30, 101, 104, 126,
　152, 166-7
シティ・オブ・ゴッド 84, 124
ジュセリーノ・クビチェック 33, 39,
　49, 52
ジョアン・ジルベルト 101
植民地化 14-7, 95, 100, 126
ジョゼ・サルネイ 128, 144
ジルベルト・フレイレ 35
ジルマ・ルセフ 10, 38, 51, 52, 68,
　70, 75, 99, 114, 117, 130, 140,
　146-7, 149-51, 155
森林伐採 60, 72-5
森林法典 72
政党 142, 144-6
生物多様性 61, 64, 72, 74, 100
石油 31, 58-9, 64, 66-7, 68, 167
ソクラテス 93

大豆 58-9, 60-2, 73, 127
中国 48, 52, 56-9, 61, 64, 120,
　157, 161
テレノヴェーラ 107
天然資源 14, 38, 48, 64-7, 125
独裁 140-1
土地なし農民運動 126-7
奴隷制度 14, 16-7, 18-20, 22,
　24-5, 126-7
トロピカリズモ 101
トン・ゼー 42, 68, 101, 131
ドン・ペドロ 16, 22-3

熱帯林 72
農地改革 126, 128-9
ノルウエガ・プランテーション 19

バトゥーキ 78
パラグアイ 23, 57, 152-4

バレーボール 89, 91
犯罪 123, 134-5
バンデランテス 18, 38, 89
ビーチ 9, 86-9
美容整形 120
貧困と不平等 42, 45, 82, 110-3,
　114-7, 120-1, 122-3, 128-9, 156
ファベーラ 46, 122-5, 136, 163
フェルナンド・エンリケ・カルドーゾ
　115, 128, 144
福音派（プロテスタント） 97
腐敗（汚職） 130-3, 140, 145,
　160
ブラジリア 31, 39-41, 114, 117,
　154, 158
ブラジリダディ 34, 88
ブラジル映画 83-4
ブラジルポピュラーミュージック（音
　楽） 36-7, 101-3
ペドロ・アルヴァレス・カブラル 14
ペトロブラス 52, 67
ペレ 90
ベレン 122
ベロモンテ 38, 73
保健行政 118, 120-1
ボルサ・ファミリア 109, 111-2, 116,
　120, 135, 148
ポルト・アレグレ 37, 92, 132

マラカナン 161
マリオ・デ・アンドラーデ 34
水 42, 45, 64-5, 72, 86, 88-9, 121,
　123, 137, 160
ミナス・ジェライス 18, 21, 26, 42,
　48, 64, 100-1
メディア 33, 104-6, 150, 165, 167
メルコスール 57, 153
メンサラン（事件） 133

輸出 48-9, 51, 52, 56-9, 60-1, 63

リオデジャネイロ 16, 18, 24, 27, 37,
　39, 74, 80, 86-9, 94, 96-7, 101,
　114, 122-3, 134-5, 161
ルイス・イナシオ〝ルーラ〟・ダ・シル
　ヴァ 38, 43, 67, 73, 94, 99, 110,
　116, 120-1, 128, 132-3, 143, 146,
　148, 156
ルシオ・コスタ 41
労働者党 43, 107, 110, 127,
　131-3, 143, 144, 150-1

謝辞
本書の第1版編集にあたっては、パリ政治学院ポワティエキャンパスの学生グループの参加を得た。とりわけルシア・ビジコヴァ、アンスガル・ビエネルト、イウリ・リラ＝クンハ、スサナ・クエルヴォ、フィリッペ・スセルブの名前を特筆したい。また、本第2版の編集に協力してくれたマルゴー・ド・バロ、ファニー・ヴリダース、ペテル・パッソスの諸君に謝意を表する。

◆著者◆

オリヴィエ・ダベーヌ（Olivier Dabène）

　政治学博士、政治学上級教員資格者。パリ政治学院教授、ラテンアメリカ・カリブ海地域政策観測機構（OPALC）会長。著書に、『The Politics of Regional Integration in Latin America（ラテンアメリカの地域統合政策）』（Palgrave Macmillan, 2009）、『La Gauche en Amérique latine（ラテンアメリカの左翼）』（Presses de Sciences-Po, 2012）、『地図で見るラテンアメリカハンドブック』（太田佐絵子訳、原書房）などがある。

フレデリック・ルオー（Frédéric Louault）

　ブリュッセル自由大学政治学教授、同大学政治研究センター（CEVIPOL）研究員、南北アメリカ研究センター（AmericaS）コーディネーター。パリ政治学院で博士号取得。ラテンアメリカ・カリブ海地域政策観測機構（OPALC、Sciences PO）副会長。

◆地図製作◆

オーレリー・ボワシエール（Aurélie Boissière）

　フリーランスのカルトグラファー。出版社および報道機関との作業のほか、オトルマン社の「地図で見るハンドブック」シリーズに定期的に協力している。

◆訳者◆

中原毅志（なかはら・つよし）

　長野県生まれ。翻訳家。ルーヴァン・カトリック大学卒業。訳書に、フランソワ・ビゾ『カンボジア運命の門』（講談社）、ジャック＝ピエール・アメット『ブレヒトの愛人』（小学館）、セルジュ・ジョンクール『U.V.』（集英社）、ドミニク・シルヴァン『欲望通りにすむ女』（小学館）、アラン・アヤシュ『娘へ きみの人生に贈る言葉』（PHP研究所）、クロード・ランズマン『パタゴニアの野兎 ランズマン回想録』（上・下巻、人文書院）、『トランク』（短編集、共訳、ルイ・ヴィトン＆ガリマール共同出版）ほか。著書に、『悠久のソナタ』（TBSブリタニカ）。

Atlas du Brésil: Promesses et défis d'une puissance émergente
by Olivier Dabène, Frédéric Louault, Maps by Aurélie Boissière
Copyright © Éditions Autrement, Paris, 2018
Japanese translation rights arranged with Éditions Autrement, Paris
through Tuttle-Mori Agency, Inc., Tokyo

地図で見る
ブラジルハンドブック

●

2019 年 12 月 5 日　第 1 刷

著者………オリヴィエ・ダベーヌ
フレデリック・ルオー
訳者………中原毅志
装幀………川島進デザイン室
本文組版・印刷………株式会社ディグ
カバー印刷………株式会社明光社
製本………東京美術紙工協業組合

発行者………成瀬雅人
発行所………株式会社原書房
〒160-0022　東京都新宿区新宿1-25-13
電話・代表 03（3354）0685
http://www.harashobo.co.jp
振替・00150-6-151594
ISBN978-4-562-05695-8

©Harashobo 2019, Printed in Japan